ベリーズ文庫

臨時社長秘書は
今日も巻き込まれてます！

佳月弥生

JN167552

STARTS
スターツ出版株式会社

目次

巻き込まれたくなかったです。……5
わがままな子供がいます。……37
デートをするようです。……73
仲良くなったようです。……97
戦場のようです。……127
行動が読めません。……167
問題があったようです。……199
大忙しです。……231
あともう少しです。……257
意味合いの違いです。……285
いろいろとやめます。……315
何やらいろいろ言われます。……343

特別書き下ろし番外編　桜の咲く頃に……379
あとがき……392

巻き込まれたくなかったです。

どうしてこうなっているんだろう。

レースをたくさん使った清楚《せいそ》な白いワンピースと、大人っぽいシルバーのパンプスを履いている私は、どこか満足そうな表情の社長をぼんやりと眺める。

ああ……社長はいつ見ても好みの顔だなぁ。

無言で私に向けられている、切れ長で涼しげな目。スッと筋の通った鼻は高い。まるで神様が『美形を作ろう』と考えて生まれてきたような、眉目秀麗な顔。どこか気だるげな仕草で、高級そうな革張りのソファに長い脚を組んで座っている。

私の身長は百六十五センチ。社長が立ち上がると私より頭ふたつ分くらい高いから、たぶん二十センチほどの身長差がある。

その社長の隣には、フィッティングを手伝ってくれた女性店員が立っていて、彼は視線だけで彼女の注意を引いた。

「どう思う?」

「とてもお似合いかと存じます。ただ、着物をモチーフにしたドレスも素敵でしたわ」

「まぁ、凛《りん》とした日本風の顔立ちだから着物は似合うだろう。だが、あれは少し……」

言葉を濁した社長に、女性は軽やかに笑い声をあげた。

「では、こちらになさいますか？」

「いや、両方もらおうか。後はそうだな、オフィスでもおかしくないものを――」

彼が言いかけた言葉に恐れおののいて、私はさすがに口を開いた。

「ちょっと待ってください！　私はそんなことされるような立場じゃないですから！」

その叫びに、ふたりは振り返る。彼らの様子は『何かおかしいことでもあった？』

と聞いてきているようだった。

大ありに決まっているでしょうが、あなたたち!!

私の睨《にら》みに社長は眉を上げているだけだし、女性の方は目を丸くしているだけ。

本当に何の間違いなの。情けなく感じながら、一週間前のことを思い出していた。

＊　＊　＊

私が勤める〝株式会社ＴＯＮＯ《トノ》〟は、一部上場の会社。競合他社が多い中、不況の波もうまく乗りきっている優良な総合商社だと言われている。

不況の煽《あお》りを食らうっていうのはどこの会社も一緒で、うちだけが乗りきっているわけでもない。おそらく、時流に乗るのが比較的うまいんだと思う。

「美和《みわ》、社長が通るよ」

同期の詩織《しおり》がこっそりと教えてくれるから、顔を上げて彼女へ振り向いた。

肩で切り揃《そろ》えられた詩織の黒髪が、さらっと揺れる。今日も控えめなナチュラルメイクなのに、目鼻立ちがハッキリとしているから少しきつい印象の彼女。その大きな目がそっと廊下に向かうから、つられて私も視線を動かした。

私たちが普段詰めている秘書課は、正式名称は総務部秘書課秘書室。十一階のエレベーターを降りてすぐのフロアで、重役たちが使う執務室の手前にある。先代の社長によってオープンな会社を目指した結果、この階の廊下側の壁は全面ガラス張りになっていて、いつでも誰が通ったのか見ることができる。

視線の先で、真剣な表情の社長が、年嵩《としかさ》の副社長と話しながら歩いていた。

うん。社長が颯爽《さっそう》と歩く姿は、カッコよくて悶《もだ》えちゃう。でも、その後ろにいつもいる専任秘書の野村《のむら》さんがいない。どうしたんだろう?

不思議に思っていると、副社長が秘書課の入口で立ち止まり、秘書室長の羽柴《はしば》さんを呼ぶ。

貫録があると言うには少し大きなお腹を揺すりながら、羽柴さんは慌てることなく秘書課を出ていった。普段から人のよさそうな笑顔で、何を考えているのかわからない彼は、秘書課の人間の間では〝古狸《ふるだぬき》〟なんて言われていたりする。

視界の隅で社長の姿を追って、見えなくなると業務に戻った。

「……あんた、社長を見るときの顔、どうにかならないわけ？　どうせ心の中ではミーハー丸出しでキャーキャー言ってるくせに、その無表情って、ちょっと怖い」

詩織が腕を摩《さす》りながら小声で言うから、苦笑して彼女をチラ見する。

「ニヤニヤしながら、『ああ、今日もいい男だなあ』って見てればいいの？　そっちの方が怖いじゃん」

キーボードを叩《たた》く手を止めずに返事をすると、何も言われずに溜《た》め息《いき》をつかれた。

うちの社長は本当にいい男だと思う。

東野《ひがしの》隼人《はやと》、御年三十四歳。五十代、六十代の社長が普通の業界にしては、かなり異例の若い社長。

前社長夫妻が交通事故であっけなくこの世を去り、後継者である現在の社長がその地位に就いたのは二十八歳のとき。当時、社長の若さに難色を示した重役もいたみたいだけど、今は表立っての波風はないらしい。

あくまで『表立って』ということで、裏に回ればいろいろとあるんだろう。でも、そんなことは私には関係ないし。実際に彼が采配を振るようになってから業績が伸びているから、誰も文句は言えなかったんだと邪推している。

創業者一族で生粋の御曹司、〝社長〟という社会的地位に加え、彼はルックスにも恵まれていた。

無駄のなさそうなスマートな体型。髪はさらさらしているようでいて、通常は無造作に後ろへ流しているから、パッと見にはワイルド。顔の造作といえば、めっちゃイケメン。私の基準からすると、唇が少しだけ厚めなのが惜しいなあって感じだ。でも、ほとんどの女性は、『この唇にキスされてみた～い』と思うんだろう。

『いい人ほど早死にする』なんて聞いたことがあるから、これで性格もよければ、あまりにも恵まれすぎていて早世するのでは。そんな意地悪なことも考える。

とにかく、目の保養にはいいんだよね。社長って。観葉植物っていうか、テレビの中のアイドルを追っている心境っていうか。

どっちにしても、重役クラスとはいえ常務、しかもその秘書の補佐をしている私にとって、社長が雲の上の人であることは間違いない。

それに社長は、女嫌い？って疑われるほど、女の人を近づけさせないことでも有名。

秘書の野村さんは年齢相応な渋めのいい男で、社長と〝そういう関係〟だとまで囁《ささや》かれている。

三十四歳の社長と、五十八歳の野村さん。どっちが受けで、どっちが攻めなんだろうという妄想をリアルでするのは、さすがにちょっと痛いのでやめておくとして。

ただ、朝に出勤してくる社長を眺めて、『今日も仕事、頑張るかー！』って、エネルギー源にしているだけだった。


午前中の書類整理も終わり、備えつけのコーヒーメーカーからコーヒーを注いでいたとき、営業部に書類を持っていったはずの春日井《かすがい》さんが、いつものごとく甘ったるい香水のにおいを振りまきながら帰ってきた。

「ねぇねぇ、聞いた？　西澤《にしざわ》さん」

入社当時から仲のいい詩織ならともかく、同じ同期でも春日井さんと私はあまり話をすることがないから、少し警戒しつつ首を傾《かし》げる。

綺麗《きれい》な栗色《くりいろ》の巻き髪。派手とまではいかないにしろ、女性らしさを強調したメイク。身体にフィットしたタイプの華やかな色合いのスーツを好む彼女は、いつも男性社員に囲まれているイメージがあった。

「何をですか？」

「社長秘書の野村さんが事故に遭われたそうよ」

「ええ⁉　大変じゃないですか！」

それで今日は、社長の後についていなかったんだ。事故って……大丈夫なのかな？

「社長秘書の彼が事故なんて問題よね。秘書不在っていうことは、社長の業務が滞るじゃない？　早急に代わりの秘書を探すはずよ。お近づきになって玉《たま》の輿《こし》に乗れるチャンスかしら」

ウキウキしている春日井さんに、あっけに取られた。

いきなり何だ、この人。どう考えても社長の秘書なんて、男性秘書が選ばれるでしょ？　社長は女性が嫌いなんだから。

推定七センチのヒールでお尻をフリフリして、春日井さんが噂《うわさ》を広めに回っているのを眺めていたら、秘書課に戻ってきた羽柴さんに呼ばれる。

「西澤さん、ちょっと来てくれるかい？」

飲みかけのカップをデスクに置いて、入口から〝おいでおいで〟する羽柴さんに近づく。

いったい、何だろう？

言われるままに羽柴さんの後をついていくと、私のような一般社員はほぼ来る機会のない、重役たちの執務室のある区域までやってきた。

彼らの執務室の前室として、それぞれの秘書が控える秘書室があり、ここの廊下側も全面ガラス張りだから、各秘書室に詰めている秘書たちの様子が見える。

今、執行役の秘書に目を丸くされたよ？

次に進むと、常務の秘書室は無人。ニューヨーク支社に出張中だから、これは当たり前。

そして専務の秘書からは驚愕《きょうがく》の眼差《まなざ》し。最後に、副社長とその秘書の寺脇《てらわき》さんのふたりに、どこか嘘《うそ》くさい笑顔で見送られた。

「は、羽柴室長？」

「ちょっと困ったことになってねぇ」

人がよさそうな笑顔の羽柴さんは、誰もいない社長秘書室に入っていく。

目の前にはピカピカの飴色《あめいろ》に磨かれた社長の執務室のドア。それをノックして羽柴さんが声をかけた。

「失礼します」

「開いている」

低い声が聞こえてからドアを開くと、執務机の向こうに立つ社長の後ろ姿が見える。

社長はしばらく背を向けて窓の外を眺めていて、私が羽柴さんに背中を押されながら執務机に近づくと、彼は振り返り、私と目が合った途端に顔をしかめた。

「誰が小娘を連れてこいと言った」

社長の不機嫌そうな声に、思わず私は隣に立った羽柴さんに視線を送る。

二十六歳にもなる女を、小娘呼ばわりする失礼な人はあまりいないと思う。

「俺は秘書を連れてこいと言ったんだ。新人を連れてこいと言ったわけじゃない」

一応、私は秘書課では勤続二年にはなりますが。どういうこと？

羽柴さんが溜め息をついた。

「社長、先ほども申し上げましたでしょう。今、手が空いているのは、彼女か春日井君だけだと」

瞬時に思い出したのは、お尻をフリフリ歩いていた春日井さんの後ろ姿。そして事故に遭った野村さんのことだ。

つまり、野村さんが復帰するまでの仮の秘書が、社長には必要だということだよね。

うん。たぶん春日井さんなら、大変光栄に思いながら社長秘書をしてくれるよ。

ちょっと香水はきついかもしれない。でもそれさえ我慢すれば、頑張って仕事をしてくれると思うんだ。ぶっちゃけ私は、社長の激務に巻き込まれたくない。だいたい、遠くから観賞用で社長を眺めているのが好きなんだし、こんな間近で、こんな不機嫌そうに、眉間にしわを寄せて難しい顔をしている社長を見たいわけじゃない。

それでも、簡単にうまくいくはずがないのが世の中だって知ってはいる。

「春日井君よりは、西澤君の方が真面目《まじめ》です」

「真面目なのはいい。要は、新人を連れてこられても困ると言いたいだけだ」

「新人ではないです。一年間は研修で総務課にいましたが、その後二年は常務の下についております」

「ついているといっても、秘書補佐だろう」

ここに来て、いい大人の男同士で言い争いを始めた。

だけど私が口を挟むようなことでもないな。そう考えながら、執務室をくるりと見渡した。

天井はオフホワイト。壁は全面が落ち着いた色合いのマホガニー。床はダークグレーの絨毯《じゅうたん》。ドアを開いても邪魔にならない位置に観葉植物。さりげなく飾られた赤と青の抽象画は、一瞬、子供の落書きにも見える。でも、さすがにそれはないよね？

入るとすぐに黒革のソファセットがあって、その奥に深い色合いのつるつるした大きな執務机。一枚ガラスの窓を背に、私を見据えている社長……。

あれ？　めちゃめちゃガン見されている？

「人が話しているのに、暢気《のんき》に部屋の観察をする人間は初めて見たな。何だ、このマイペースな女は」

「社長にはピッタリでしょう？　度胸もあります」

羽柴さん、女性に対して『度胸』は褒《ほ》め言葉ではありません。

「だいたい、新人でもないくせに、その格好はどうした」

言われて、自分の姿を見下ろした。

ストレートだという以外に取り柄のない黒髪は、腰くらいまでの長さ。仕事中には邪魔だから三つ編みにしていて、ロープみたいになっている。

オフィスカジュアル推奨の会社で、私は実用的すぎるカッチリめな地味色スーツ。でも、仕事には動きやすさも大切だ。

「地味でダサい」

「失礼な」

思わずボソリと呟《つぶや》くと、社長の片方の眉がピクリと跳ね上がった。

「お前こそ失礼だ。秘書課に勤務して二年も経つのに、リクルートスーツしか買えないのかと思われるだろう。そういう格好が許されるのは、せいぜい入社一、二年だ。秘書補佐とはいえ、全く来客応対がないわけでもない」

あれ？　顧客に対してのことを言われている？　社長に対する私の『失礼』という発言は失礼にならないのかな？　もしかして軽くスルーされている？

「まぁ、あのミスクイーンよりはマシか」

ミスクイーン？　それってミスコンの〝ミス〟？　ああ、女王様のような春日井さんのことか。

納得と同時に、溜め息交じりの社長にイラッとして眉を上げた。

「マシとはなんですか！　どんな格好だろうが仕事はできます！　きちんと仕事をするくらいのスキルもございます！」

秘書課を婚活の場所だと勘違いしている春日井さんと、比べないでいただきたい！

激高した私に対して、それでも社長は酷く冷静に頷《うなず》いた。

「そうかそうか、それは楽しみだ。女はすぐに音を上げるからな。野村が復帰するまで三ヵ月だそうだから、その間、絶対に弱音は吐くなよ？」

そして浮かべられた酷薄な笑みに、ちょっぴり後悔する。

今さら、殊勝な顔で『辞退します』とは言いにくい。後の祭りだった。

「社長、そこは取引先なんですから、我慢なさって……」

「俺は何もわがままを言っているつもりはない！　あそこの社長はやたら女を強調してきて、べたべた触ってくるから、できるだけお前が間に入れと言っているだけだ！」

「最初から、飯村《いいむら》副社長に対応していただくようにお願いした方がいいのでは？　あの社長は、すぐに対面を希望されますし、なかなかお断りできないんですから」

「それじゃ通らないから言っているんだろうが！」

　エレベーターホールからの口論は、秘書課の前を通る際にも続いている。最初は呆《ぼう》然《ぜん》と見送るだけだった秘書課のメンツも、これが一週間も続くと慣れたみたいで、口論をしながら通り過ぎる私たちを普通に眺めるようになった。

　一週間経って気づいたことといえば、私がつい毒舌を吐いたとしても、なぜか社長はそれに対しては怒らないということだ。

　副社長室の前を通り過ぎ、社長秘書室に入ると、冷たい視線で彼を見据えた。

「これも仕事です。子供のようなことを言っていないで、こなしてください」

　静かに呟くと、社長はぐっと言葉を呑《の》み込んで忌々《いまいま》しそうな顔をする。

「絶対に、狭い料亭は会食場所に選ぶな」

それだけ言うと、荒々しい音をたてながら執務室に入っていった。

やっと了承してくれてよかった。ホッと息をついてスケジュール帳を閉じる。

何だろうなー。社長は思っていたよりわがままだ。

考えながら、臨時秘書の期間に借りることになった野村さんのデスクにバッグを置いたとき、ガラス張りの入口から軽くノックの音がした。

「今、いいかね？」

現れたのは、いつも優しそうに微笑《ほほえ》みを浮かべている副社長。白髪《しらが》が交じった豊かな髪と、口髭《くちひげ》を蓄えていて、なかなか素敵なロマンスグレーだ。

「お、おはようございます！　社長は今、執務室に」

「いや。君に用があるので、社長には……」

茶目っ気たっぷりに口元に人差し指を当てる副社長に、瞬《まばた》きを返す。

私に用事？　副社長が？

お客様に待っていただくためのソファに彼は座り、そして穏やかに微笑んだ。

「君たちは、毎朝楽しいことをしているね」

あ、これはお叱りなのかな。そうだよね、私は単なる秘書に過ぎないのに、毎朝毎朝、地下駐車場で社長をお出迎えしてからエレベーターに乗るなり、ド派手に彼と言い争いながら出勤するんだから。

詩織に『毎朝あんたと口論してる社長を見て、ちょっと親近感が湧いた』とか言われたりもしたし、困ったことにあの狸――羽柴さんからも苦笑された。

「あ、あの。すみませ――」

「僕も君のコーヒーが飲みたいな」

思わずまじまじと副社長の顔をガン見する。

コーヒーですか？　私に用って、それ？

「社長が自慢しているよ。新しい秘書はコーヒーを淹《い》れるのがうまいと」

「はぁ。そうですか」

穏やかに微笑む彼に、曖昧な返事をする。

「では、淹れてまいりますので、こちらでお待ちください」

副社長にそう言うと、秘書室に直結している小さな給湯室に向かった。

秘書室は、いろいろな部屋に直接行けるように設定してある。そのひとつが社長専用の給湯室だ。

廊下から秘書室に入って、正面奥に社長執務室のドア。その手前の右側には、私の使うデスクが廊下が見えるような形で斜めに置かれていて、脇には重要な資料が保管されている資料室へのドア。デスクより手前左には来客用の応接セットが置かれていて、横に配置された観葉植物の陰に隠すように、広さ二畳くらいの給湯室へ続く入口がある。

そこには小さな冷蔵庫と食器棚。その脇を抜けて奥に向かうと、コンロと小さなシンクがあり、緑茶や紅茶の用意はもちろん、コーヒーメーカーまで完備されている。

私が臨時秘書に就くと決まった日に、羽柴さんが執務室や給湯室に関わる設備を説明してくれた。戸棚の中に細い注ぎ口のケトルを見つけた瞬間、キラキラと目を輝かせながら、『ドリッパーを持ってきていいですか？』と聞いて、彼の目を丸くさせたことは記憶に新しい。

だってさ、とてもいいコーヒー豆があるのに、それをコーヒーメーカーにお任せしちゃうのは、もったいない気がしたんだもん。どうせ飲むなら、できるだけ美味《おい》しいコーヒーを飲みたい、ってなるのが普通だと思うんだ。

社長は私には何も言わないけど、私が淹れたものを美味しいって思ってくれているんだ。嬉《うれ》しいな。

じわじわと湧き上がってくる幸せ気分そのままに、コーヒーの用意をする。

いつもの社長なら、もう少ししたらコーヒーを頼んでくる頃合いだよね。どうせなら一緒に淹れてしまおう。

来客用のカップと社長専用のカップを用意して、いい香りのコーヒーができ上がると、どこか誇らしい気分まで感じながら秘書室に戻る。普段よりちょっとだけ気取った仕草で副社長にお出しした。

「自慢されるほどのものではありませんが」

「ありがとう」

微笑んでいる副社長に愛想《あいそ》笑いを返したとき、ガチャリと執務室のドアが開いた。

「話し声がすると思えば」

副社長の姿を認めて、社長がうんざりした顔をする。

「副社長、今日は忙しいのでは?」

「朝のコーヒーくらい楽しませてほしいものです。一杯程度はいいでしょう?」

社長は溜め息をついて、副社長の前のソファに座った。

「小娘、俺にもコーヒー」

「かしこまりました」

いつから秘書室は喫茶室と化したのでしょうか。

でき上がっていた社長用のコーヒーを出すと、不思議そうに眉を上げられる。

「いつもより早いな？」

「そろそろ社長もお飲みになる頃だと思いましたので」

コーヒーを淹れるのは多少時間がかかる。言外に『一緒に淹れていた』と告げると、彼は納得して飲んだ。

ふたりともリラックスして、まったりしているみたい。その様子に首を傾げる。

「私は席を外していた方がいいでしょうか？」

「ああ、それはいい。仕事の話なら、こんなところにいないで俺に声をかけただろうから」

社長の言葉に、副社長も頷いた。

「そうですね。今日は特に、社長に用はなかったのですが」

言いかけて、副社長は何か思い出したように目を輝かせる。

「そうそう、いい機会だから聞いておこうかな」

唐突に口調を変えた彼に、社長が視線を上げた。

「来週末の爺《じい》さんの誕生会には出席するんだろうね？」

その言葉に、社長が思いきり嫌そうな顔をする。

……爺さんって、会長のことかな。めでたく御年八十八歳。米寿のお祝いパーティーは会社主催で行うことになっているから、秘書課も準備に奔走中のはずだよね。

でも、会長のことを『爺さん』と副社長が呼ぶの？

目を丸くすると、そんな私に気づいたのか、社長は副社長を指差して目尻を下げた。

「あまり知られていないが、副社長は俺の叔父《おじ》だ」

「え。名字、違いますよね？」

社長は東野だし、副社長は飯村のはず。

「父の妹……つまり、俺に叔母がいるんだよ」

ああ、副社長は前社長の妹さんの夫、ということですか。

だけど、それなら秘書課が知っていてもおかしくない情報のはずなのに、私は知らない。うちの会社は親族企業で、別に秘密でもないだろうに。

不思議そうにしていたら、社長はすました顔でカップを置いた。

「わざわざ言う必要もないだろ。知っている人間は知っている事実なだけだ」

ということは、これは叔父と甥《おい》の語らいか。ますますここにいづらいじゃない。でも、今さらまた、『席を外します』とかは言いにくい。

「祝賀会は出なくてはならないでしょうね」

ブツブツと文句を言うように呟いた社長に、副社長は笑い、私は遠い目をした。

全く私を気にせず話し始めてますねー！

「本当にパーティーの類は嫌いだな、隼人は」

「当たり前でしょう。群がってくる女性たちに、過去どれだけ大変な思いをしたか」

耳に入ってくるのは仕方がないと割りきって、聞こえないフリをしようか。全く、秘書の存在を忘れないでいただきたいな。内輪の話を秘書室でされたって困るでしょうが。

そっとデスクに戻ってから、パソコンの画面を開いてメールチェックを始める。

「隼人がその年でひとり身なのが悪いんだろう。恋人でもできれば、話は違うと思うが？」

「いずれは見合いでもしないといけないでしょうが、今は仕事に専念したいので煩わしいです」

まぁ、社会的地位のある人の結婚なんて、そんなものだよねー。私には関係のない世界だよ。

「お前、少しは柔軟に、だな」

そう言って言葉を止めた副社長に顔を上げると、バッチリと目が合ってしまう。

……何でしょう？

「うーん。恋人でなくても、噂を利用すればいいかな」

そんな副社長の言葉に、社長も私を見つめて難しい顔をする。

「少し無理があります」

「いや、いけると思うぞ？　嘘をつく必要もない」

何なの。叔父と甥だけがわかり合って会話している。何でふたりとも、私を眺めながら話し合いを始めたの？

不穏な空気に眉をひそめていると、どこか物騒な薄ら笑いを浮かべながら、副社長は私に言い放った。

「西澤さん、会長の米寿の祝賀会に社長秘書として出席することは、業務の一環になるんだろうが」

そうなると思いますが？

「思いきり着飾って、社長の隣に立っていてほしい」

それは、どうしてですか？

＊　＊　＊

……そして、今に至る。

休日の土曜日に連絡が来たから、てっきり仕事かと思って慌ててスーツ姿で会社に向かうと、待ち構えていた社長の高級車に乗せられた。

驚いたことに、そのままラグジュアリーなショップに連れていかれ、社長が放った言葉は『こいつに合いそうなものを見繕え』って、どれだけ偉そうなんだ。

「着飾ることは承知しましたが、こんなお店の衣料品は私には手が届かない買い物ですし、まさかと思いますが、社長に買っていただくわけにはいきません」

「どうしてだ？」

悪巧みたっぷりの笑顔は素敵でも、それとこれとは別問題なんだな！

だいたい社長って、華々しい席には滅多に出ないことでも有名で、出席したとしても、入社式だとか内輪の限られた席でしかない。

普通の会社の社長なら、他社の祝賀会や記念式典にも行くだろう。実際にその手の招待状を私がひっきりなしに捌《さば》いている。

とはいっても、ほとんど副社長が代わりに出席していたから、私も表舞台に立たなくてもいいんだなって安心していたのに。

その理由を、知りたくもないのに聞かされた。他社とのパーティーに社長が出席するのは、立派な人脈確保に繋《つな》がる。社交の場も営業先になるし、情報交換の場にもなるはず。

でも社長を悩ませる〝それ〟が始まったのは、彼が三十歳の誕生日を過ぎた頃だったらしい。

出席するお祝いの席に、娘を同伴する他社の社長が増えてきた。それどころか、紹介され始めた。何かがおかしいと感じたときには、女性に囲まれるようになっていたというから驚きだ。

たぶん誰もが言うように、社長の妻ってのは玉の輿。輝かしいばかりの社会的なステイタス。

一部上場の優良企業の若社長。しかも独身。恋人の影すらない。未婚の娘を持つお父さんお母さん、そして未婚妙齢の女性本人からしても、社長はいい獲物だよね。見つけたら罠《わな》にはめてでも手に入れたい。その心理に私は共感できないけど、理解はしようと思う。

けれど、とあるパーティーでホテルの鍵を渡されて、社長はうんざりしたそうだ。その話には私もびっくり。

そこから社長は、徹底的に女性を避け始めたらしい。そういった経緯でまことしやかに有名になったのが、〝女嫌い〟の社長様。

社長秘書の野村さんと、いけない噂にまで発展したのは誤算だったみたいだけど、それはそれで仕事に集中できると社長は喜んだそうな。

「お前の給料で買うようなワンピースで会場に現れたら、本当にただの秘書にしか見えないだろ？　まぁ、これも業務のうちだと思え」

その言い分に肩を落として、私は溜め息をついた。

「本当にこれが業務のうちなんですかねぇ」

「仕事が円滑に進むようにするのも、秘書の務めだろ。野村が復帰するまでの間だけだ。着飾ったお前が俺の横に立っていたら、だいたいの人間は、勝手に自分の解釈で誤解してくれるはずだから」

他人が勝手に解釈してくれる人生なんて、私は嫌だよ。

要はあの日、副社長と社長で考えた悪巧みは、私に『社長の恋人のフリをしろ』というものらしい。嘘を言う必要はなく、ただ私がお洒落《しゃれ》して立っているだけで勝手に誤解されるだろうと、彼らは思っている。

今までも聞き流しているとはいえ、私が臨時で社長秘書になっただけで、社内ではかなりの噂が飛び交ったんだもの。社長の言うように、自分の給料以上のドレスアップをして彼の隣に立っていたら、影響力は半端ないだろう。

「付け焼き刃だと思うんですが。根本的には何の解決にもなりませんし、そもそも私が巻き込まれるのは納得いきません」

「そうだな。だからこれは迷惑料だと思え」

社長は淡々と呟いて、女性店員が嬉しそうに持ってきた用紙にサインをしている。

「これはこのまま着ていく。他のものは頼む」

「かしこまりました、東野様」

何がどうなったの？

ポカンとしていたら社長は立ち上がり、私を見下ろした。

「うん。なかなか悪くない。お前がここまで化けるとは思っていなかった」

「ば、化け……」

人のこと、お化けか何かみたいに言わないでくれるかなぁ⁉

「ところで、どうしてお前はいつも、体型に似合わない服を着ているんだ？」

不思議そうな社長を眺め、それが意味することに気がついて真っ赤になった。

スーツは汚れたっていいように、いつも地味なものを選ぶ。値段もそこそこのスーツを買おうと思ったら、どうしたって量産品がベスト。

だけど量産品は平均的な体型に合わせて作られるから、私の場合、胸に合わせようとするとウエストがゆるゆる。ウエストに合わせようとすると、胸が開いてしまってちょっと見苦しいことになる。なので、いつも基準は胸の大きさに合わせていた。脇に余裕が出てしまってても、スーツの襟元が開くようなことはないし、大きいスカートはウエストのホックやボタンをつけ替えれば問題ない。

だって、仕事で汚れるかもしれないのに、お高いお店のスーツを買ったり、仕立ててもらったりしようなんて考えない。一般庶民にはそんなもの、贅沢品《ぜいたくひん》だもん。

「セ、セクハラ！」

「純然たる事実ってだけだ」

「人間、言っていいことと悪いことがあります！」

「別に悪口ではない」

……ダメだ。この人と話をしていると、頭がおかしくなってきそうだよ。

だいたいね、めちゃくちゃ高級感の溢《あふ》れる店ってだけで倒れそうなのに、『あれを出せ、これを出せ』って社長が言うから、私は着せ替え人形状態だったし。

くらくらしていたら、隣に社長が立ち、私の腰を支えて歩き出した。

「え。あ、あの、社長。お支払いは？」

「さっき済ませた。このまま違う店に行くぞ」

済ませた？　いつの間に……。あ、もしかして、さっきのサイン？

「ダ、ダメですから。こんなお店の、しかもこんなドレスみたいなワンピース。絶対に高いに決まってますから！」

慌てて社長に詰め寄ると、彼は飄々《ひょうひょう》と頷いてから楽しそうに表情をやわらげる。

「当たり前だろう。噂になるためには、それくらいしないと。お前、俺の恋人として噂になってもらう予定なんだぞ？　よく考えてみろ。俺は恋人になった女に服も買ってやらないような甲斐性《かいしょう》なしなのか？」

いいえ。経済力だけでも、かなりの頼り甲斐があるでしょう。

「支払いで後悔しても知りませんよ。女物って高いんですから」

「男性用もピンキリだぞ。女性は装飾品も多種多様だがな」

装飾品。その言葉に、店を出てから戦慄した。

「まさか、アクセサリーも買うつもりじゃないでしょうね⁉」

「二十六歳の女が装飾品なしじゃ、カッコつかないだろう？」

さも当然のように言っているけど、全然当たり前じゃないからね！

「金属アレルギーとでも言っておけばいいじゃないですか」

噛《か》みつくように言うと、少し乱れて落ちた私の髪をスルッと耳にかけてくれながら、社長は目をすがめる。

「祝賀会には、秘書課の人間も裏方として出入りする。お前、ピアスは普段からつけているし、金属アレルギーでは通らないだろう？」

つけていたピアスをそっと指先で触れられ、耳元で囁かれた低い声に、身体中が熱くなった。

女の身体に簡単に触るんじゃない！　でも、ちょっと待って？

「まさか、社内の人間も騙《だま》すつもりですか？」

「もちろんだ。お前は社内ではうまく立ち回っているが、事実を知る人間は少なければ少ない方がいい。情報戦の常識だ」

情報戦って、これは戦争なんだろうか？

まだ結婚はしたくないから女性を遠ざけておきたい社長と、〝社長〟という格好の獲物を釣り上げたい未婚女性。未知の世界が展開されているよ。

すると社長は唐突に、私の三つ編みをまとめていたヘアゴムを取った。

「ちょ……何するんですか」

三つ編みに指を通され、それだけでスルスルほどけていく髪。肩に落ちてきた髪がふわりと風になびいて、慌てて押さえると、彼を睨みつけた。

「下ろしていた方が似合いそうだ。なかなかいい」

社長が言いながら嬉しそうにするから、ぐぐっと息が止まりそうになってしまい、思わず喉元に手を触れて、ゆっくりと呼吸を繰り返した。

そのキラキラした笑顔とか萌《も》える。

「どうした？」

「い、いいえ」

彼は眉を上げて私を見ながら、少し戸惑ったように首を傾げた。

今のは無自覚か。それならちょっと、たちが悪い。たちが悪い素敵な笑顔なんて聞いたことはないけど、眉目秀麗な人の笑顔って、ここまで破壊力があるものなんだ。


エスコートされるまま、ぎくしゃくと社長の車に乗って、次に連れていかれたのは本当にジュエリーショップだった。

最初は驚きで迎えられたものの、すぐにビシッとした三つ揃いのスーツ姿の男性が出てきて、店内にある個室に案内される。

それから紅茶を出され、店員が持ってくる小箱の中の宝石を次々と並べられて、何だか急に現実感が薄くなっていった。

どれも雑誌で見たことがある程度でしかない綺麗な宝石に囲まれて、とても丁寧に接客される。

これは何の夢なんだろう。こんな壮大な夢を見るような想像力が、私にあったんだろうか？

ううん、まさか。私はごく普通のＯＬだ。そりゃあ、いい会社に入っていい部署に配属されたなぁとは思う。でも、こんな体験をしたいなんて思ったことはない。

ごく質素に、普通に生きていければいい。なのに「リングはあるか？」と店員に聞いた社長に、我に返った。

「それは……」

言いかけた私の足を、彼は店員にはバレないように軽く蹴る。

『ダメです』と言おうとしたのを見透かされているみたい。チラリと目が合うと、視線だけで窘《たしな》められた。

「どのようなものをお探しでしょう？」

目の前の店員はニコリと、白い手袋の指先をこすり合わせていた。

「うん。そうだな、あまり派手なものでなくてもいい。とりあえずは、な？」

社長がちょっぴり硬い笑顔で私に向き直るから、それに合わせて私も貼りつけた笑みを浮かべる。

とりあえずも何も、どんなものもお探ししてなーい！

『何なんですか。何か含むような言い方をしなくてもいいでしょう！』という言葉は呑み込んで。

「それは、お祝い申し上げてもよろしいのでしょうか？」

絶対にしなくてもよろしいことであります！

少し探るような店員に、私たちは曖昧に笑みを返すだけだった。

わがままな子供がいます。

悪い噂は千里を走る、という言葉があるけど、まさにそう思う。

誰かが大挙して押し寄せてくることはないものの、たまにかかってくる内線電話に仕事を邪魔されるようになってきた。

『存じ上げませんでしたが、取引先から聞きまして』という言葉の内容は、〝私が社長と婚約した〟という驚くべきニュース。

存じ上げませんでしょうとも。私だって存じ上げていませんからね！　皆、結構暇なんだな。仕事しろ、仕事。

心の中でブツブツ言いながら、声だけはにこやかに応対する。

「それは驚かれたことでしょう。私は現在、社長の秘書をしておりますので、今は業務中で手が離せません。申し訳ありませんが、用件が以上でしたら、これにて失礼いたします」

内線を切ると、ドアが開いて社長が顔を出した。

「小娘、海外開発部の事業資料が足りないんだが」

じろりと睨みつけた私に彼は気がついて、口角を上げる。

「今日はどこから連絡が来た？」

「開発部と、運営推進部の部長からです」

「ふうん？　開発部は外と接点が少ないのにな。そこまで噂が浸透したか」

「浸透したか、じゃありません。何ですか、これ。私が社長と買い物に行ったのは、つい三日前の話ですよ？　それなのに……まだ週明けの火曜日なのに」

溜め息をつきつつ、ファイルを取り出して海外開発部の資料を探し、見つけたものを社長に手渡す。

「ありがとう。まぁ、早いとは思っていたがな。あの宝石商は取引先のひとつだから。返事は、用意していたものを言っているんだろう？」

「言われた通りに。『私は社長の秘書です』と、ただそれのみを」

「それでいい。下手《へた》に否定や肯定をすると、ややこしいからな。後は勝手に向こうで判断するなり、解釈するなりしてくれる」

書類に目を通しながら彼は呟いて、その後に顔を上げた。

「うん。なかなか似合うな」

社長が満足そうにしているのは、私のスーツ姿にだ。

あの日ショップで勝手に店員に選ばれて、勝手に買い求められて、日曜日に何と家に直接配達された数十着ものスーツ。もういろいろと諦めていたから、タンスにしまい込むことはせずに、ちゃんと身につけて出社している。

今日着ているのは、夏らしく明るいピンクベージュのスーツ。身体のラインにフィットしていながら、女性らしさと実用性がバランスよく保たれていて、とても清楚な装いになっている。さすが高級店のスーツだと感心してしまった。

でも、このスーツじゃいつものずぼらメイクでは合わなくて、普段よりもちょっと華やかなメイクにしてみた。私だってたまには気合いを入れる。

「これは本当に業務のうちなんですかね？」

呟いてみると、社長はまた書類に目を通しつつ、応接セットのソファに座り、長い脚を組む。

「そうだと言っているだろう？　実に昨日はわかりやすかった」

昨日は社長が『べたべたしてきて苦手』だと公言している、取引先の女社長との会食だった。

私もそれまで過去に一度しか遭遇したことはなかったけど、そのときのインパクトは〝強烈〟のひとことに尽きた。まず、もの凄ーく甘ったるい香水を纏《まと》いながら、胸を強調するような白いスーツで現れた。その下はキャミソールだったと思う。

商談の席なのに社長ににじり寄ろうとするわ、書類を見るたびに腕を組んで谷間を強調してくるわ、やたらと夜のお酒に誘うわ。

大口の取引先でもあるから無下にもできない社長が、無表情を保ちながらテーブルの下で拳を握っていたのに気がついて、これはまずいだろうと私が書類を次々と差し出すと、彼女がちょっと苛《いら》ついていたのも知っている。

なのに昨日の彼女は、普通にビジネスライクなスーツを着ていた。そして私の姿をチラチラ窺《うかが》いながら、驚くぐらいスムーズに商談を進めていった。

「ああいう風に、簡単に引き下がってくださる方ばかりとは思えません」

「だからこそのリングだろ。特別ボーナスだとでも思っておけ」

右手の薬指につけたリングを見て、溜め息を漏《も》らす。

派手すぎず地味すぎず可愛《かわい》らしく、ルビーとダイヤがはめ込まれたファッションリング。

正直言って、社長はセンスがいい。でも、これは行きすぎだと思うんだよね。

「野村さんが復帰してきたら、終わるんですよね？」

「まぁな。永続的にはできないだろ。嘘はついていないんだから、お前は堂々としていていい。臨時とはいえ、俺の秘書であることには間違いない」

そうはいっても、嘘はついていないとはいえ、皆を騙していることには変わりない。そこのところをわかっているのかな？

「小娘、コーヒー淹れてくれ」

書類から目を逸《そ》らさない社長に、そっと肩を落とした。

「かしこまりました」

給湯室に入り、コーヒーを淹れて戻ってくると、書類を見ている社長の邪魔にならない位置にカップを置く。今は昼前だし、少し小腹が空く頃。そう思ってポケットの中のチョコレートクッキーも添えた。

私も仕事しよう。内線に邪魔されなきゃ、午前中に書類整理は終わるはずだと考えながら、デスクに向かった。


時折来るメールをチェックしながら午前中を過ごして、昼になると社長は最上階の会長室へ呼び出され、私は社員食堂に顔を出した。

突き刺さる複数の視線を無視して、空いていた席に昼食のトレイを持って座ると、ツカツカと春日井さんが近づいてくる。

「少しよろしい？」

彼女の怒ったような表情からして、あまりよろしくない予感がする。

「何でしょうか？」

「どうやって社長に取り入ったの、あなた」

私が社長に取り入ったんですか？

あまりと言えばあまりの言葉に驚いて、ポカンと彼女を見上げる。

「本来なら私が臨時秘書になる予定だったのに、いつの間にかあなたに決まってた。しかも一週間くらいしか経ってないのに、社長と婚約だなんて」

彼女は忌々しそうに私の顔を睨むと、気を取り直したように、艶然《えんぜん》として微笑んだ。

「ご教授願いたいなぁ。どうやってあの社長と？　あなた、社長と寝たの？」

寝た？　これは〝ネタ〟ではないよね？　いや、やっぱりネタかな？　春日井さんは、私が社長といけない関係を築いているものだと思っているってこと？

だいたい、春日井さんが臨時秘書になる予定は……社長自ら遠慮していた。噂が変な風に入り交じって、ごっちゃになっているみたいだ。本当に馬鹿じゃないのかな。

「私はただの臨時秘書です。仕事をしているだけで、取り入ったりしていません」

「取り入ってない人が、社長から指輪をもらうわけ？　あり得ないでしょう」

私だってあり得ないと思っている。でも右手の薬指にはめられたリングは現実だ。だけどね、右手ってことは考慮の範疇外《はんちゅうがい》なのかな？

さて、この局面をどう対処しようか。

悩んでいたら、春日井さんの背後から険のある声が聞こえてくる。

「ちょっと、春日井さん。座らないならどっか行って。あなた邪魔」

めちゃくちゃハッキリとした声は、詩織のものだった。

「邪魔とは何よ、邪魔とは」

「邪魔は邪魔でしょう？　ここは社員食堂。騒動を起こしていい場所でもないし、秘書課の私たちがこんなところでひと騒動なんてあったら、ちょっと問題になると思わない？」

彼女たちの睨み合いは、春日井さんが引き下がる形ですぐに終わった。鼻を鳴らして立ち去る彼女を見送ると、詩織は私の目の前に座る。

「災難だね、あんたも」

「いやぁ。先週もいろいろと噂されてたみたいだけど、今回のは凄いねぇ」

「また他人事みたいに言って」

詩織の渋い顔に、乾いた笑いを漏らしたら、呆《あき》れたような視線を返される。彼女は辺りを見回してから身を乗り出してきた。

「それで、どうなってるの？」

『どうなってるの？』って言われても。

「こっちが聞きたいな」

「あんたが社長と寝て秘書に取り上げられたっていうのと、社長が女性秘書の色香に眩《くら》んだっていうのと、野村さんがいない寂しさを埋め合わせしているっていうのと、どれを詳しく聞きたい？」

どれも聞きたくない。

変な顔をしてみせると、詩織は吹き出した。

「その表情からすると、どれも違うってことだね」

「私は単に仕事してるだけだもん」

「でも、指輪をもらったっていうのは本当そう」

彼女の視線が右手に落ちる。

「だけど、左手じゃないってことは？」

「ごめん。詳しくは言えないんだ」

片手を振ると、詩織は小さく笑ってから肩を竦《すく》めた。

「そうだね。あんたは『私は社長の秘書です』を繰り返してるっていうから、きっと何かあるんでしょう」

「それがわかってるのに、ここまで噂になるものなの？」

「人間、目新しいものには飛びつくからね。しかも社長は女嫌いで有名だったわけだし、あんたも週明けにいきなり綺麗になって現れたら、大爆発もするよ」

大爆発ねぇ？

「そういうもの？」

「そういうもの。地味クイーンが社長に開発されて開花したっていう、ゲスい噂もあるよ？」

地味クイーンか。それって私のことだよね。

「かなり下品だね。しかもオヤジ入ってる」

「ゲスな噂の主なんて、オヤジに決まってるでしょう。そもそも春日井があああいう反応する方がおかしくない？　あんたと社長が毎朝、ギャーギャー騒いで出勤してるの見てるくせに」

ギャーギャーは酷い。でも、傍《はた》から見ると騒いでいるように思えるのかな？

「だけど、いいんじゃない？　あんた、社長の顔が好みだし。あのご尊顔を毎日拝めるんだよね？」

「好みの顔が近くにいるのは嬉しいよ。でも、あくまで観賞用。しかもこんな派手な噂の渦中にいなきゃいけないなんて、最悪だよー」

「それも野村さんが復帰するまででしょ？　で、野村さんて、どうなの？」

どうなのって、何が？

「脚の骨を折って入院中だけど？」

「いやいや。もう野村さんも五十八歳。このまま早期退職かもって噂もあるよ」

噂ねぇ。噂は噂。渦中にいるとそれが間違いだってわかるから、簡単に信じることはなくなっているかな。

「それは知らない。信憑性《しんぴょうせい》のない噂は、私は信じないことにする」

「信じないことにするの？」

「そう。そういうことにするの」

ある意味ぐったりした昼食を終えて秘書室に戻ると、応接セットのソファに座る灰色の作業服を着た白髪の男性と、その傍らに立つ社長を見つけて慌てた。

「おかえり」

「た、ただ今戻りました」

社長に出迎えられる秘書なんて、私ぐらいじゃない？

不思議に思いながらも、立っていながら少し困ったような社長と、座っているご年配を見比べ……次の瞬間に、誰だか気がついてのけ反った。

「か、会長！　すみません、席を外しておりました。今すぐお茶を用意いたします」

大慌てで頭を下げると、鷹揚《おうよう》な声が聞こえてきた。

「構わんでいいよ。孫が迷惑をかけている人に挨拶しようと、ちょっと思い立っただけなんだ」

俯《うつむ》いたまま考える。

迷惑……そうだね、大迷惑をかけられている気がする。でも会長はどこまで知っているのかな？　事実を知っているのと知らないの、いったいどっち⁉

パッと顔を上げて社長を確認すると、彼は苦笑いしているだけで、困るー‼

「孫に恋人ができたと思って喜んだ」

静かに話し始めた会長に、目をぱちくりとさせる。

あ、知らない方？

「だが、どうも歯切れが悪いのでこいつを締め上げると、飯村の浅はかな入れ知恵だと。正直言ってがっかりだ」

それには私も思うところがありますとも。

だけど本当にがっかりしている会長に、とりあえずスマイルを返しておく。

私だっていろいろとがっかりですよ、と言いたい。でも言わないでおこうと思う。

三十四歳にもなって、社長はしょんぼりと立たされ坊主になっているみたいだし。

「全く、会社の柱たるトップのふたりがそんな浅知恵でどうするんだ。私は将来が心配で、おちおち引退もできん」

そう言っている会長は、とても八十八歳に見えないいくらい矍鑠《かくしゃく》としていらっしゃるので、大丈夫でしょう。

それにしても、どうして会長は作業着なんて着ているの？　そこはあまり深く考えない方が、会社にとっていいのかな。

「やはり、何かお飲みになりますか？」

長話になりそうだし。

でも、会長は片手を振って立ち上がった。

「何もいらんよ。本人たちがそれでいいと言うのなら、それでも構わん。しかし、さっさと嫁をもらえば、こんなややこしいことをしなくともよいとは思わんかね」

それは思わないでもない。けれど、言わぬが花ということわざもあるよね？

黙って微笑んでいる私を、会長はじっと見つめてから嘆息を漏らし、片手を上げてガラスの向こうに消えていった。

チラリと横目で社長を見上げると、彼もちょうど私を見下ろしたところで、バッチリ目が合う。

「大事《おおごと》になってきましたね？」

「ちょっと……そのようだな」

困ったような、達観したような表情で、社長は鼻の頭を掻《か》いている。

「どう収拾をつけていくんですか？」

「まぁ、爺さんは黙っていてくれるようだから、このままかな？　社内でこれだけ噂になっていて、耳に入るのも時間の問題だろうとは思っていたが、ここまで早いとは考えていなかった」

「無責任なこと言わないでください！　私、今日は春日井さんに詰め寄られたんですよ！」

「おお、それは大変だな」

他人事のように笑う社長に、プチンと切れそうになった。

でもいけない、相手はうちのトップ。会社の代表取締役だ。だけど……！

「ああ、怒ったか？」

身を屈《かが》めて近づいてきた社長の顔を、思わず観賞する。

ちょっと手を伸ばせば届きそうな位置にある、彼の楽しそうな顔。秘書課の廊下を毎朝通り過ぎるときには、取りすましたようなところしか知らなかった。ここ最近はいろんな姿を見るようになったな。

どんな表情のときも、社長は綺麗で整った顔をしている。観察に耐えられる顔って、そんなにない。

あれ？　でも、めちゃめちゃ訝《いぶか》しい顔になった？

「お前、もう少し危機感というものを持った方がいいように思うが」

「危機感？」

よくわからないで不思議そうに問うと、社長は短く息を吐いて背筋を正した。

「まぁいい。とりあえず、親族は騙さなくてよくなったんだ。よしとしよう」

「そうですね。ところで社長、昼食は召し上がりましたか？」

お昼ちょっと前には会長室に呼び出されていたはずだから、もしかして食べていないんじゃない？

執務室に戻ろうとしていた彼に声をかけると、振り返られる。

「いい。今日は他社の祝賀会を副社長に任せた分、彼の担当案件を引き受けているから忙しいんだ」

執務が増えたということだから、忙しいっていうのはわかるけど。

「ダメですよ。ちゃんと召し上がらないと」

「腹が減っていた方が集中しやすい」

そう言うと、片手をヒラヒラとさせて執務室に消えていった。

本当にもう。それじゃ午後の仕事に差し障《さわ》りがあるでしょう！


仕方なく社食へ逆戻りして、食堂のオバチャンにサンドイッチをラップに包んでもらうと、秘書室に急いで帰る。

それから給湯室に飛び込み、コーヒーを淹れて、トレイにサンドイッチとコーヒーを用意してドアをノックした。呼ばれなければ入ることのない執務室に入ってきた私を、社長は軽い驚きとともに迎えてくれる。

「何だ……」

そう言いかけて、私の手元のトレイに視線を移し、目を細めた。

「いいって言っただろ？」

眉をひそめた彼に向かって、きっぱりと首を横に振る。

「少しでもお腹に入れておいた方がいいです。ラップに包んでもらいましたから、食べなければ残しておいてください。私の夕飯にします」

「こんなものが夕飯になるのか？」

「なりますよ。夜は軽い方がいいと言いますし」

「一食抜いたくらいで死なないから」

じろりと睨むと、社長はしかめっ面をする。そして何も言わずにトントンと指先で執務机を叩いた。『置いていけ』というつもりらしい。

「常々思うが、お前は遠慮がない」

「ありがとうございます。ですが、私は付き合いがいい方だと思います」

トレイごと執務机に置くと、彼は指先で鼻の頭を掻いて、困った顔になっている。

「それは、否定はしないな」

小さな息を吐いて、諦めたように苦笑した。

「お前は小娘のくせに、母親みたいだ」

「え。嫌です」

思わずポロリと呟いてしまうと、社長は一瞬目を丸くして、それから思わず、といったように吹き出す。

「おま……本当に遠慮がないな」

今の言葉は、さすがになかったかな？

顔を赤らめたら、彼は肩を震わせて笑っている。

「しゃ、社長ほどではありません」

「それも間違いない。ありがとう」

何に対してのありがとうかわからないながら、妙に恥ずかしくなって、そそくさと執務室を後にした。

それにしても『母親』って何？　私は社長よりも若いよ！　でも、私も偉そうか。だってさー、近くで見る社長って、子供みたいなときがあるんだもん。

遠くから見ている彼は、いつも表情を崩さないで超然としていて、大人だなあ、いい男だなあって思っていた。実態は全然違うじゃん。

「社長って悪ガキで、実は考えが浅はかで、底意地が悪いから長生きしそうだよね」

「おお。長生きするつもりでいる」

ひとりごとに対して背後からかかった声に、ビクッと飛び上がった。

おそるおそる振り返ると、開いている執務室のドア。そこに腕を組みながら肩を寄りかからせ、冷静な表情で私を眺めている社長の視線。楽しそうなのは気のせい？

「お前はある意味で、裏表がなくて助かるな。出かけるぞ」

出かける予定なんてあった？

「ど、どちらへですか」

「今さら取り繕うな。どーせお前の本性はバレバレだ」

「何がどうバレているっていうんですか。社長は私の何をご存じだっていうんですか」

私と社長は、今までそんなに接点もないじゃないですか！

「とりあえず、口が悪いってことはバレている」

「人のこと言えるんですか！」

半ば叫ぶと、彼は重々しく頷いた。

「自分のことを棚に上げるつもりはないぞ。俺はどうせ、悪ガキで浅はかで底意地が悪いんだ」

おう。これは最初から最後まで、ひとりごとをめっちゃ聞かれていたみたい。根に持つんじゃないよ、小娘の戯言《ざれごと》なんか！

「副社長がいないんですよ。忙しいんじゃないんですか？」

「そんなこと言っていたら、時間なんて作れないぞ。俺みたいな立場の人間はな、暇は見つけるんじゃなくて、無理やりぶんどるものなんだよ」

いや。それはそれでどうなんだろう。

「ちなみに、少しだけお前に興味が湧いた。なので出かける」

途中まで淡々と、最後にはニヤリと意地悪そうな笑顔付きで、とんでもないことを言い出した。

「はぁ⁉」

私が素《す》っ頓狂《とんきょう》な声をあげると、社長は何事もなかったように執務室のドアに鍵をかけ、また振り返る。

「どうせ俺はお前を溺愛しているって噂があるし、サボってデートもいいだろう。今日は爺さんの小言に付き合って疲れた。仕事は後回しにする」

「それはどうなんですか！　あなた、社長でしょう⁉　社長自らサボりに行くなんて、社会じゃ通らないです！」

「別に、仕事を棚上げするつもりもない」

彼は言いながら、自らのこめかみを指差した。

「さて。記憶にある俺のスケジュールで、急を要するような案件があるか？」

え。急に何を言い始めたんだろう？　そう思いながらも考えてみる。

　副社長が不在のしわ寄せといっても、始動しているプロジェクトの承認くらいで急ぎじゃない。社長の決済が必要なものも、午前中に終わらせていた。後は緊急事態でも起きなければ問題ないんだけどね！

「お前、優秀だなぁ。言われなくても理解しただろ」

「それとこれとは別問題です！　社長は社長らしく仕事をなさってください！　仕事をサボる男なんて最低ですよ！」

「最低で結構だな。そもそも俺はたいして期待された社長でもないし、たまには息抜きさせろ」

　彼が近づいてきて、勝手に私のパソコンをシャットダウンしようとするから慌てた。

「わー！　待って待って！　保存してない！」

「こまめにしとけ、馬鹿」

「馬鹿なことを言っているのはどっちですか！」

　ぎゃあぎゃあ言い争いながらデータを保存して、パソコンをシャットダウンすると、スタスタと歩き始めた社長の後を追う。正直、脚の長さが違うから、こっちは必死でついていくしかない。ちょっとは考えてくださいよ！

「待ってください。運転手の小杉《こすぎ》さんに車を回してもらいますから」

急いで飛び出してきてしまったから、バッグも持ってきていない。かろうじてポケットに入っていたスマホを出そうとすると、取り上げられた。

「そんなものはいい。行くぞ」

ぐいっと手を掴《つか》まれ、重役たちの執務室の前を社長は早歩きで、私は走るように通り抜け、ギョッとしている秘書課の皆の視線を浴びながらエレベーターに飛び込んだ。

彼は落ち着いた様子でパネルを操作し、呆然としている私をからかうように覗《のぞ》き込んでくる。

「皆、驚いていたなー？」

何だろう。悪ガキにしか見えない、この人は。

「私が一番驚いていますから！」

叫ぶと、社長は目を輝かせながら口元を緩める。

「お前って、かなり喧嘩《けんか》っ早いだろ」

「誰がそうさせているんですか！」

「まぁ、俺だな」

そんな会話を交わして地下駐車場に着くと、社長は私の手を掴んだまま奥に進み、どこにでもあるような何の変哲もない白い車に向かっていく。

そして、いつの間にか持っていたキーでロックを外すと、紳士的に助手席のドアを開けてくれた。何となく感心するけど、何食わぬ顔の彼に困ってしまう。

「この場合、私が運転するのが秘書として普通ではないでしょうか？」

「ドライブは俺の趣味だ。人の楽しみを取り上げるつもりか？」

……そうすると、この乗用車は社長の車なんだろうか？　前は高そうな黒い車で迎えに来てくれたよね？　これはとてもドライブ好きの人の車には見えない。どっちかといったら営業車。

しばらく無言で睨み合って、先に折れたのは私の方だ。

「これ、社長の車ですか？」

「会社で管理してる営業車だ。とはいえ、キーは普段から俺が持ってるんだけどな」

私が助手席に収まると、社長はドアを閉めてくれて、口笛でも吹き始めそうなくらいご機嫌で運転席に回ってくる。

「社長。本当に、どこに行くつもりですか？」

「秘密。着いてからのお楽しみだ」

あー、そうですか。

呆れた表情の私に気づいているくせに、彼は何も言わずに、車は動き出した。

ありえない。社会人としてはあり得ないことなんだけど。社長はもしかすると、めちゃくちゃイタズラ好きなのかもしれない。

そして車を走らせること三十分。停まった場所にキョトンとして、景色に目を見開いた。

二階建ての広大な白い建物。そこには【株式会社ＴＯＮＯ】の文字。

「うちの事業部直営の工場ですよね？　視察なら視察とおっしゃっていただければ、連絡しておきましたのに」

「それじゃ意味ねーんだよ。『今から社長が行く』って言ったら、いろいろと隠すだろうが」

立派な社長のものとは思えない言葉遣いと、冷たい視線を受けながら、シートベルトを外す。

「抜き打ち視察をするのもどうかと思います」

「その方が見えることも多いんだ。だいたい、取り繕った張りぼての就業風景を見て、何が必要かお前にはわかるのか？」

彼もシートベルトを外すと車外に出て、ぐるりと回ってきたと思ったら、助手席のドアを開けてくれた。

「言っていることと、行動がちぐはぐですね」

「何がだ？」

不思議そうな表情の社長に、溜め息を返してから車を降りる。

冷たく、突き放すような言葉に対して、行動は紳士的。おかしな人だと思ったんだ。

これも言わぬが花かな。

営業所の建屋を見上げ、頭の中の記憶を検索する。

ここって食品関連の事業の中でも、確か冷凍食品を取り扱っている工場だよね。

「社長、お腹が空いているのに、こんなところへ視察に来たら、余計にお腹が空くんじゃありませんか？」

ぽそりと呟くと、驚いたような視線が降ってきた。

「……何ですか」

「お前、ここが食品関連の工場だと知っているのか」

「近郊の営業所や工場くらいは把握していますよ。全支店と全営業所を知っているわけではありませんが」

ある程度のことは把握しているのって、秘書としては普通のことでしょう？

「ふうん？　まぁいい。ああ、見つかったみたいだな」

社長が視線を向けた方向を同じように見ると、白い作業着を着た五十代くらいの恰幅のいい中年男性と、ひょろっと細長く見えるスーツ姿の若い男性が入口から飛び出してくるところだった。

「社長！　どうなさったんですか。ご連絡くだされば、工場長も休暇を取りませんでしたのに」

恰幅のいい方が慌てたように言いながら、私を一瞥《いちべつ》して、視線が通り過ぎていく。

そして目を丸くして二度見した。

うん。社長の女嫌いは有名だもんね。でも社長はそれを気にした様子もなく、軽く頷いた。

「ああ、そうなのか。だが、視察くらいは私ひとりでもできる。これにも一応、ここの様子を見せてやろうかと思っていたし」

見事なまでの笑顔を見せ、社長が私を指差す。

社長の営業スマイルなんて初めて見たかも。あの苦手だと言っていた女社長相手でも無表情だったくせに。

「西澤、ここの社食はケーキがうまいらしい。お前はそれでも食って待っていろ」

あろうことか社長が私を『小娘』でなく『西澤』と呼び、私に向かって営業スマイルを見せてきた！　何？　何を企《たくら》んでいるんだろう？

「じゃあ、後でな」

スタスタと工場に入っていく社長を追って、恰幅のいい方が「待ってください」と叫びながら走り去る。残されたひょろ長い男性が私の右手にはめられたリングを見つけ、少しだけ笑ったような気がした。

「臨時の秘書の方ですよね？」

「ええ。はい」

話しかけられて頷く。私が今、臨時の社長秘書であることは間違いない。

「食堂はこちらです。道に迷うといけませんから、ちゃんと案内いたしましょう」

……何だろう。何となく、表情が小馬鹿にしているように感じる。しかも、さっき社長は私を『これ』と、まるで所有物かのように扱っていたよね？

あの態度と、このひょろ長い彼の対応の適当さ。もしかして私、知らない人からすると お飾り秘書扱いになるのかな？

社長の行動には何か意図があると思う。でも彼は行ってしまったし、今から追いかけて理由を聞くわけにはいかない。

「西澤と申します。お名前を伺ってもよろしいですか?」

「音羽《おとわ》と申します。主に事務を任されております」

ひょろ長男子は音羽さんか。ここに所属する全社員の名前は知らない。でも社長をお出迎えするくらいだから、彼はこの工場でも上のポジションにいる正社員なんだろう。上層にいる人なら何となく把握はしているから、無言で頭の片隅に組織図を思い浮かべ、先導してくれている彼について歩く。そして、もう十四時だというのに、白い作業着姿の人たちで賑《にぎ》わっている食堂に着いた。

たくさんの人がいてキョロキョロしていたら、音羽さんは鼻で笑ってきて嫌な感じ。

「工場の昼休憩は十三時からなんです。こちらでお待ちになっていればいいと思いますよ。僕は忙しいので失礼しますが」

私が暇みたいな言い方じゃない? まぁ、実際、暇だけど。

返事も待たずに去っていく音羽さんを見送ると、やっと彼のことを思い出した。確か、この工場の事務関係の主任だ。だとすると、工場長である所長の補佐役のはず。

とはいえ目下の人間に対しては、言い回しが馬鹿丁寧というか、慇懃無礼《いんぎんぶれい》というか。『こちらでお待ちになっていればいいと思いますよ』って、やっぱり、めちゃめちゃ馬鹿にされているみたい。

考えていたら、入口に突っ立ったままの私は相当目立っていたらしい。目の前のテーブルに座っていたパートのオバ様の一団に、遠慮なく見られていた。

「新入りかい？」

「あ……いえ、違うんですが」

「あの音羽さんが連れてきたってところからすると、本社の人？　何だってこんなところに案内されたんだい？」

それはこっちが聞きたい。だけど容赦ない好奇の目に晒《さら》されて、どうしようか迷う。

昼食は食べたから、お腹もいっぱい。それでも社長にケーキを勧められたのは、試食しろってことかなぁ。でも、ポケットには小銭入れしかない。悩んでから、ニッコリと笑った。

「視察についてきたんですけど、どうも、私はお邪魔だったみたいで」

えへへ、と笑いながら頭を掻き、パートさんたちの席に近づいていく。

せっかく勧められたんだから、買えたらケーキを食べちゃおう。

お食事中の彼女たちに快く同席させてもらい、質問攻めにあったり噂話を聞いたりしながら、社割で買えた美味しいケーキを食べていたら、あっという間に時間が経っていた。

パートさんたちの姿が少なくなったり、また増えたりするのを眺めつつケーキを食べ終えると、昼休憩も終わりに近いのか、全体的に人が少なくなっている。

「交代でお昼に入るんですね」

「まぁね、工場はフル稼働だし。シフト制になったのは最近だけどね」

そんな話を聞いていたら、入口の方から「いい男だね」とか、「どこかで見たことあるね」というざわつきが聞こえてきた。何だろうと思って顔を上げると、呆れ果てたような社長と目が合った。

「……お前、どこでもくつろげるやつなんだよな」

近づいてきながら皮肉めいて笑う社長に、眉をひそめる。

私がいつ、どこで、くつろいでいたと言うつもりですか？

「仕事の話は終わりましたか？」

「ああ。ざっとだが視察してきた。お前は楽しんだようだな？」

「ええ。『こちらでお待ちになっていればいい』と伺いましたので、こちらで待たせていただきました」

作り笑顔で答えると、社長は微《かす》かに眉を上げた。

「そう言われた？」

「そう言われましたね」

考え込んでいる社長。だけどまわりの空気は読んでいないように思える。私の近くにいたパートさんたちは、「まさか、社長かい？」なんて言いながらポカンとしているし、厨房《ちゅうぼう》らしき場所からは、派手に物を落としたような音まで聞こえてくる始末。

すると入口で会った恰幅のいい中年男性が、社長の姿を見つけて駆け込んできた。

「社長！　こんなところにいらっしゃったんですか」

「うちの秘書の声がしたからな。ここも食堂か？」

「主に工場で働く者たちが利用します。こちらの方が何かと便利ですから」

男性の言葉に、パートさんたちが「別に、こんなところしか私たちは使えないだけだし」と小声で言いながら、嘲《あざけ》るようにして忍び笑う。それに一瞬視線を向けてから、社長は私に向かって首を傾げた。

「そろそろ帰るぞ。ケーキは食べられたか？」

「はい」

ゆっくりと立ち上がりながら、パートさんたちを振り返る。

「今日はありがとうございました。お話が楽しかったです」

ニッコリ笑ってお辞儀をすると、すでに歩き出している社長の後を追う。

彼は彼で、中年男性に「今度、視察にお見えになるときには、くれぐれもご連絡ください」と何度も言われながら入口で別れた。

お互い無言のまま車まで戻り、シートベルトをつけると、社長が難しい顔をして私に向き直る。

「疲れたか？」

「いいえ。食堂では好意的に迎えてもらえましたから。社長秘書とはいえ、私は臨時ですもの」

そう言って社長の顔をまじまじと見た。

「食堂はもしかして、ふたつあるんですか？」

「そのようだ。俺が見せてもらった方はレストラン並みの内装で、事務や役職者ばかりが使っていた。どうやら区分けしているらしいな」

「私が案内された食堂は、工場勤務のパート従業員が大多数でしたね。ケーキは美味しくいただきました」

「豪華な方の食堂にいなかったから、どこか別室で食べているのかと思っていたが。

音羽に馬鹿にされたんだな、小娘」

エンジンをかけ、車を発進させて、どこかうわの空になった社長を眺める。

「馬鹿にさせるように仕向けたのは、社長でしょう？」

一瞬だけ目が合った。

「お前、やりづれぇ」

溜め息をついた彼に唇を尖《とが》らせる。

私も一生懸命に考えたよ。社長だって馬鹿じゃ……いや、馬鹿なことをしでかす人なのかもしれないけど、これだけの会社を切り盛りしているんだもの、頭はいいはずだ、と割り振られた役について私なりに考えてみた結果、やっぱり〝出来の悪いお飾り秘書〟なのかなあって。

「社長自ら内偵の真似事《まねごと》とか、どうなんですか？　わけもわからず乗っからないといけない方の身にもなってください」

「お前が信用できるかどうかも判断つかない段階で、手のうちは見せられねぇよ」

社長はハンドルを握りながら、無表情かつ平静に答える。

うわぁ。バッサリ、『お前なんか信用できるか、馬鹿』みたいなことを言われた。

「それに、噂話っていうのも侮れない。一部のやつはパート従業員を使用人感覚で見下しているがな。それで、何か面白《おもしろ》いことは聞けたか？」

「面白いかどうかはわかりませんが、いろいろ聞けたと思います。ただ、どれが有益な情報かの判断はできません」

「それでいい。聞いた話をそのまま教えてくれ」

最初のうちは当たり障りのない話が多かった。けれど話をしているうちに打ち解けていくのが人間心理だと思う。私もあえてノリノリでちょっと馬鹿っぽい発言をしていたわけで、いろんな人が入れ替わりながら話を継いでくれた。

会話の内容は、家族の話や今日の出来事など雑多なものが多く、社内の食堂であれば自然と仕事の愚痴っぽい話も出てくるもので、そういった何気ない話も含めて、全てありのままを社長に伝えていく。

「そういえば『最近、鶏肉が入っているんじゃないか』って言っていましたね」

「鶏肉？」

「『レシピが変わったのか、冷食用のハンバーグのひき肉に、鶏肉が入っているかもしれない』と言っていた人がいました」

社長の眉がひそめられて、少し不思議に思いながらも言葉を続ける。

「確かめたことはないそうですけど、ちょっと前から肉の色が変わったように見える、と。彼女は牛肉と豚肉を合わせるラインで働いているそうです」

　みるみる社長の表情が不機嫌になっていき、最後には舌打ちまで返ってきたから、言葉を止めた。

「小娘、その話は誰にも言うな。その女性の名前はわかるか？」

「名札は確認しました。フルネームが必要であれば、人事にかけ合えばわかります」

「……ったく。こんなの俺の仕事じゃねぇぞ」

　ブツブツ文句を言い始めた社長を眺め、それから静かに窓の外に目を移す。

　どうも私は、あの工場にとって言ってはいけない噂話をしてしまったらしい。でも、『信用できるかどうかも判断つかない段階』らしいから、見解を聞いても答えてくれないだろうなぁ。

　そんなことを考えていたら会社に着き、車を降りる。すると、地下駐車場のエレベーター前で副社長と鉢合わせした。

「おや？　社長、今日は社内に缶詰めではなかったですか？」

「副社長も、今日は直帰では？　でも、戻られたのならちょうどいい。少し話があります」

　副社長秘書の寺脇さんに目礼しているうちにエレベーターが到着し、ぞろぞろと乗り込む。

そして十一階のエレベーターを降りてから秘書課の前を歩くときは、皆の視線が痛かったけど、何とか耐えて通り過ぎた。

「小娘、コーヒー頼む」

寺脇さんは副社長秘書室に戻り、社長と副社長がふたりで社長執務室へと入っていくのを見送って、それから給湯室に向かう。

あの工場って、確か事業部の子会社扱いだったよね？　だとすると関連資料は事業部の取り扱いかな。おそらく必要になるだろう。

コーヒーを出し終えると内線があって、社長の指示が飛んでくる。

その中には、『俺が調べているとは気づかせずに』という指令で取り寄せなくちゃいけない資料もあったりして困惑した。

それって、どうやって調べればいいいんだろう？

デートをするようです。

執務室のドアが開いて社長が出てくると、デスクで紅茶を飲んでいた私に彼は立ち止まり、腕時計を見てキョトンとした。

時刻は十九時三十分。あの後、副社長と一時間くらい話していた社長。その後は当然、やり終えていない残務処理に取りかかっていただろうから、たまの残業も仕方がないと思う。だけど今の反応は、もしかして私の存在を忘れていたな？

「お疲れさまです。業務がないようであれば帰ります」

「お前、帰っていなかったのか？」

「三十分前に当然のように私に資料請求した人が、何を言っているんですか」

「ああ……そうか。今まで残業させてこなかったもんな。今度から俺に構わず、よほど急ぎの仕事でなければ、残業しても十九時になったら退社していいぞ。声をかける必要もないし」

社長が残っているのに、臨時とはいえ補佐役が何も言わずに帰れと？

「何だ、その呆れたような顔は」

「呆れてはおりません。野村さんもそうなさっていたんですか？」

「ああ。孫が生まれたし」

……どうしよう。社長は当然のように言っているけど、普通はそうは思えない。

野村さんに孫が生まれたニュースは、今年の初めの話だよね。仕事と孫って、孫が優先されるの？　それって、あり？

「知りませんでした。結構、融通が利く会社だったんですね」

「仕事に問題がなければな。うちは育休も認めている会社だろう。どっちでもいいが、残っていたなら飯に付き合え」

「え。帰りたい……」

社長とご飯なんて、ちょっと面倒くさい。どうしてプライベートまで社長に付き合ってあげないといけないんだ。

「少しくらい付き合ってくれてもいいだろ。それとも、男が待っているのか？」

「いろんなことに巻き込んでおきながら、今さらそんなことを聞くんですか」

彼氏がいるはずがないでしょう。

真面目な顔をすると、似たような顔を返された。

「冗談に決まっている。今付き合っている男がいるなら、さすがにこの茶番には荷担してくれないだろうとは思う」

　右手のリングを指差されて、視線を落とす。

　この、〝嘘をつかないだけで、実は嘘の関係〟のことですかね？　まぁ、茶番劇と言われたら茶番劇だよね。私はこの件の呼び方なんて何でもいい。

「社長の奢《おご》りですかー？」

「お前な、食事を誘った男が支払うのは普通だろう。どんなケチな男と付き合ってきたんだよ」

「そんなのは過去にもいませんよ。じゃ、カップ洗ってきちゃいますね」

　パソコンをシャットダウンして、カップ片手に立ち上がると、とても奇妙な表情を浮かべている社長と目が合った。

「……何か？」

「お前、付き合った男、いないの？」

　ああ。そこにびっくりしているんだ。

「おかしいことですか？」

「今どきの女にしては。肉食女子が多いと思っていたんだが」

「学生時代は勉強ばかりしていましたし、会社は合コンの場所でもありませんしね。

弟がふたりいまして、あの子たちはよく、好きな女の子の話で盛り上がっていましたよ。私は、いまいちわかりません」

そりゃ私だっていい男を見ると、『キャーキャー！』と心の中で言っていたけど、どんなにいい男でも、ほとんどは接点もなく手が届かない人だから、自然と〝恋愛対象外〟の観賞物だと思えるようになったというか。

あまりにも自分とかけ離れた人と、どうにかなるとは思ってもいない。社長もそのうち、どこかの娘さんとお見合い結婚でもするんだろう。れっきとした良家のお嬢様とかがお似合いだ。

それに〝いつか王子様が迎えに来てくれる〟なんて夢は、小さいわがままな弟たちを世話しているうちに捨て去りましたとも。

気を取り直して給湯室に向かおうとしたら、それを見ていた社長がポツリと呟いた。

「そうなのか？　もったいない」

「もったいない？」

思わず立ち止まってしまうと、彼は真顔で頷く。

「うん。もったいない。あの野暮ったいスーツじゃどうにもならなかっただろうし、お前は飄々としていて可愛いタイプじゃないが、綺麗だろ」

えーと。綺麗と言われて喜ばない女はいない。でも、笑顔もなく淡々と呟かれる言葉に、どう反応すればいいんだろう？

これは、社長は天然のタラシだった、とか、そういう類のオチがつくの？

「あ、ありがとうございます」

声が裏返ったけど気にしないことにして、給湯室に急いだ。

「ところで小娘、和食と洋食とどっちがいい？」

スポンジに洗剤をつけながら、給湯室についてきた社長の気配になぜかビクつく。

「俺の好みとしては和食がいいな。お前は大丈夫か？」

好みを聞いてくるとか、今までにない不自然な気遣いはやめてー！

「おい。聞いているのか、お前」

肩を掴まれて反転すると、不機嫌そうになった社長と思いきり目が合った。彼は私の顔をまじまじと見て、それからどこか楽しそうにニヤリとする。

「ああ。こういうときは普通の女の反応するんだな、お前でも」

おそらく真っ赤になっている私の頬を、手の甲でするっとなぞる。その手が微かに私の耳に触れ、社長は喉の奥でくつくつと、意地の悪そうな笑い声を漏らした。

「全く興味がないわけじゃないんだろう？」

低い声で囁かれると、背中を何かが走り抜けるような感覚。

興味って……な、何にです？

「とりあえず和食にしようか」

そう言うと社長はパッと身体を離し、給湯室からスタスタと出ていった。それを見送ってから我に返ると、機械的にカップを洗い、泡をすべて流してから水を止める。

何だったの、今のー！　心臓バクバクするし、体温は急上昇するし！　何だか珍獣扱いされているような気もするし！　興味って何、興味ってー！

聞かなかったフリをしよう。それが最善だと思う。

カップを水切り籠《かご》に逆さに置いて、ハンカチで手を拭《ふ》きながら給湯室を出ると、私のデスクに浅く腰かけている社長が見えた。

「デスクに座らないでください。行儀が悪いですよ」

「俺はそんなに行儀のいい方じゃない。理解してくれ」

そんなもの、理解するもんか！

「デートだ、美和。運転は俺がする」

わざとらしく爽やかな笑顔で言われたから、思わず社長を凝視する。

え？　いきなり『美和』って？　いや、そうじゃなくて……。

「どうして社長が私とデートするんですか？」

「したいからに決まっているだろう」

いや、それはそうだ。そうなんだろうけど。

「ええと、社長と私は、デートする間柄じゃないでしょう？」

「間柄だろう？」

サッと右手を掴まれて、そこにあるリングを示された。

「こ、これは方便です。それに、私がねだったわけでもないですし」

「うん。お前は何もねだらないな。とにかく行くぞ」

社長は手を放すと、こちらを見もせずに秘書室を出ていってしまう。

「ちょ……！　社長!?」

慌ててバッグを持って後を追うと、秘書課の照明がついているのが見えた。まだ誰かいるんだろうか？

近づいていくと、社長が立ち止まって羽柴さんと話をしていて、ふたりは私に気がつき振り向いた。

「ああ、来たな。遅いぞ」

あなたが速いんだよ。でも、どことなく優しい口調の社長に、戦慄を覚えてしまうのはどうしてなんだろう。

「じゃあ、羽柴。お前もほどほどにしておけよ」

「急に仕事を増やした方に、言われたくないです」

「そう言うな」

苦笑する羽柴さんにペコリと頭を下げて、社長と一緒にエレベーターに乗った。

「社長が羽柴さんの仕事を増やしたんですか？」

「いや。結果として増やしたのはお前だろ？」

それはいったい、何の話？

「まぁ、地下駐車場に俺個人の車があるから、車に乗ってから教えてやろう」

そう言っている間にも、エレベーターはスムーズに地下駐車場に着いて、社長は目の前の黒光りする車を一瞥した。

運転手の小杉さんが帽子に制服姿で待っていて、彼は私と社長を興味深そうに眺めている。目が合うと、お互い笑顔で挨拶を交わした。

小杉さんは五十代かな。文句なしに、ちょい悪オヤジって感じがするんだよね。

「小杉、待っていてくれたのに申し訳ないが、今日は自分で運転するからいいぞ」

私と社長を交互に見て、小杉さんは不思議そうに首を傾げる。

「お泊まりですか？」

そんなわけあるかー！

思わず目が据わった私たちに、苦笑する。

「どうも違うみたいですねえ」

「お前はどうしてそう、思ったことをズケズケと口にするんだ」

「そりゃあ、坊《ぼ》っちゃんを二十年近くも送迎しているからでしょう。では、お邪魔虫は遠慮なく帰ります」

小杉さんは被っていた帽子を取って軽く会釈《えしゃく》すると、運転席に座るなり、さっさと車を走らせていった。その車の影がなくなると、チラリと社長に目を向ける。

「二十年来の小杉さんにも、事実は伝えていないんですか？」

「知らない人間は少ないほど、真実味が出る。それに、デートであることには変わりない」

デートであることには変わりない、ねぇ。

「まさか、生まれて初めてのデートの相手が社長になるなんて、夢にも思いませんでした」

「うん？　デートも初めてか？」

初めてですとも。

「それは腕が鳴るなぁ」

何の腕が鳴るのか、聞いてもいいかな？

目を細めている私に構わず、社長は勝手に何か考えている。

「嫌いな食べ物はあるか、美和」

「和食ですよね？　大葉とマグロが苦手です」

「『特にありません』とか言うのが普通だろう。その辺り、ちゃっかりしているんだよな」

「よけやすいならサクサクよけちゃいますが、刻み大葉が入っていたら、少し行儀が悪いことになってしまいます」

彼はしばらく黙り込んで、それから頷いた。

「じゃあ、とりあえず大葉とマグロは入れないでもらおう。一瞬、入っているとどうなるのか考えたが」

目が合うと、半ば困ったように笑われる。

「細かく刻んでいても、私は最後のひとかけらまで、ひとつひとつ取り除きますよ」

「うん。容易に想像できた。お前はまわりを気にしないやつだよな」

社長も、人のことは言えないでしょう？

無言の問いは無言の苦笑で返される。それから手を繋がれて、社長の車が停めてあるという方向へそのまま歩き出した。地下駐車場のコンクリートに、私のハイヒールと社長の革靴の音が響く。

ちょっと、どうしよう。無言だし、緊張するし、手汗をかいてきているんじゃない？ それってちょっと、恥ずかし――。

「おい、小娘」

「は、はい」

「もしかしてお前は、中学生レベルか？」

何が？

目を丸くして社長を見上げると、平然とした顔で、なぜか指と指を絡ませ合って手を繋ぎ直される。

社長と恋人繋ぎをする必要はないんじゃ？ 体温が急上昇して、クラクラする。

「なるほど。そういうことか」

何が『なるほど』!?

「納得した」

「勝手に納得されても困りますから。何がどうだと言うんですか？」

「お前に〝女〟を感じない理由だ。そっち方面はまるで経験不足なんだろうな。そのうち変な男に騙されるぞ」

シルバーグレーのスポーツカータイプの車の前で立ち止まり、爽やかに言う社長に、胡乱《うろん》な視線を向ける。

……もうすでに、変な社長に騙されている気がします。

そうして連れてこられたのは、まわりに官公庁が多い地域にあり、カコーンと厳かに鹿威《ししおど》しの音が聞こえる、純日本風の庭園を持つ料亭の座敷だった。

夏らしい、灰色がかった水色の着物を品よく着こなした女の人に出迎えられ、落ち着いた表情を取り繕っていても、内心はバクバクですが！

「今日は酒はいい。俺が運転するから」

社長が女性に言っているのを聞きながら、視線だけで間取りを確認する。

ふたりで向かい合うにしては広い、八畳の四角い和室。床の間には、解読不能な文字で書かれたかけ軸。そして生花が活《い》けられた花器。右側を見ると上半分は普通に障子貼り、下半分がガラスの引き戸になっていて、暗いながらも小さな石灯籠《いしどうろう》でライトアップされた庭園が見えた。

これは絶対に、一般庶民が来るような店じゃない。政府関係各位が、秘密の会談や重要な接待とかで使うような店でしょう？　どうしてここに私が連れてこられたの？

「小娘、少し挙動不審だが」

着物の女性がいないことを確認して、目の前の社長にキリッと向き直る。

「申し訳ありません。洋食の作法であれば、ある程度存じていますが、日本食の所作は自信がないです」

正直に言ってみたら、そんな私に彼は頷いた。

「お前は正直だな。そこは気にしなくてもいい。だからここを選んだ」

おしぼりで手を拭きながら気負うことなく言った社長に、首を傾げてみせる。

「お前くらいの年齢で、食事の作法が完璧ってやつの方が珍しいぞ？」

「それはそうかもしれませんが」

「作法なんてものは、そのうち覚えるだろ。どうせ覚えるなら、一流の場所で学ぶのが一番だ。ここならいい練習台になりそうだし。そもそも、こっちの都合ってところの方が大きい」

社長の都合？　ますます不思議そうにする私に、彼は自嘲するように笑った。

「うちみたいな商社は、若くても四、五十歳のオッサンが社長で当たり前だからな」

それは、もちろん存じていますよ？

「若造の俺だと侮られることも多いから、そういう方面は基本は副社長に任せている。だが、顔を売っているつもりはなくても、勝手に売れるから」

「社長は有名人なんですか？」

会社の外でも、うちの社長が有名ってこと？

「一部に有名……かな。雑誌の取材もたまに入るぞ」

「え？　私、確認したことないですよ？」

「当たり前だ。先に広報部で止めに入る。あいつら、両親の事故死と、俺が商社の社長をやるにはまだ三十代で若いってことを、繋ぎ合わせて取材するつもりでいやがる」

顔をしかめている彼に、私もおしぼりで手を拭き、眉をひそめた。

「もう、六年にもなっていますが？」

社長は一瞬だけ驚いたように目を見開き、それからスッと視線を逸らして、庭園の方を見る。

「何年経っていようが、重箱の隅をつつくのがメディアだろ。お前の思考は健全だな」

「おかげさまで。ですが取材を断っても、前社長夫妻が事故で亡くなったのは事実ですし、社長がこの業界では異例の若さなのも事実じゃないですか」

それが純然たる事実でも、あまり構われたくないってことかな？

「いずれか一社を選んで、できるだけセンセーショナルに書きたてないメディアを指定するとか？」

「いや。今は時期的にもまずいな」

時期的にもまずい？

キョトンとしたら、「失礼いたします」と声がかかり、先ほどの女性が料理を持って入ってきたから言葉を止める。

「どうぞ、ごゆっくりおくつろぎくださいませ」

ニッコリとする彼女に同じような表情を返し、並べられた料理を眺めた。

ひと口大の豆腐。その上には薄紅色の梅肉。こっちはオクラの和え物。最後に小さくカットされたトマト。それぞれが小さな器に盛られている。

「先付だな。突き出しとか、お通しとも言う」

教えてくれる社長に苦笑を漏らした。正直に『わかりません』と言ったから、教育してくれるようだ。

「ありがとうございます。本気で懐石料理ですね。それで、『今は時期的にもまずい』

とは？」

「今は、お前との関係を〝婚約者〟として発表されそうになっている。なので、取材は受けていない」

あっさり言われて、口をあんぐりと開けた。

その内容は考えていなかったなー。そっか、そういう方面で書きたてられちゃうこともあるのか。

「確かに、俺が会社で仕事を采配しているとはいえ、会社から出るとまだ青二才扱いされているのは間違いないからな」

続けて話し始めた社長に、真面目な顔を取り繕った。

「その部分で今は、副社長に頼っているところが多大だし、自分が未熟であることは俺が一番知っている」

淡々と話し続ける社長を静かに見つめる。彼が真剣なのはわかるから。

「せめてそれを、『前社長夫妻が突然に事故死したから』と言われないようにしたい」

「言われないように、ですか？」

「ああ。そうするためには、基盤がまだできていない。俺がうちの会社にとって、ちょうどいい広告塔であることも理解しているが、宣伝の理由が〝それ〟では、働いてくれている社員に申し訳が立たないだろ」

社長自ら『自分は未熟だ』と言い、『社員に申し訳が立たない』と続けるなんて驚きだ。正直、社長だからただ偉そうにしているだけだと思っていた。

事実、両親が亡くなって転がり込んできた社長職だし、『仕事は会長が指示しているんだろ?』的な考えの噂もいまだに根強い。でも実際は、社長がきちんと細かいところまで確認した上で決済している。

私も最初は、実は手伝ってもらっている感じなのかなって心の片隅では思っていたから、今は感心もしていた。

それにしても、当時、二十八歳の若造が、会社を背負って立ったわけだよね。彼が采配を振るうようになってから業績が伸びているし、メディアの話題にはなりやすいのかな。社長はその状況が嫌で、違う意味で有名になりたいということ? 誰にも何も言わせないように努力して、これからもそうするつもりなんだろうな。

「だから……悪いな」

急に謝られて、我に返った。謝られる理由がわからない。驚く私に社長は苦笑する。

「爺さんが言うように、俺がさっさと結婚すればいいんだろうが、こればかりは相手の人生もかかっていることだし」

結婚は間違いなく、人生を賭けるものだって思わないでもない。

「俺自身、まだ仕事にかかりきりになるのがわかっている上で、適当に相手を探すのも嫌だから。お前には迷惑をかけるな」

まぁ、大迷惑なんだけどね。でも社長って、まっすぐな人なんだなぁ。

「乗りかかった舟ですもん、それはそれでいいです。ところで、羽柴さんの仕事が増えた理由について、車内で教えていただけませんでしたが？」

「その件は明日でもいいかと思ったが。まず食っていいぞ。というか、食え。お前だって昼から何も食っていないんだから、空腹だろう」

「はい。では、いただきます」

箸を持つと、一番先に豆腐に手をつけた。

「それで、何が明日でいいんでしょう？　秘書室長が動くような用件って、何かありましたか？」

「大ありだろうなー」

言いながら苦笑してトマトを食べている社長に注目する。

あっちのトマトには、細く刻んだ緑色のものがたくさんついている。私のには見当たらない。何でだろう、と社長を眺めていたら、トマトの小皿を見比べているのに気づかれた。

「大葉がダメなんだろう？　あらかじめ伝えてある」

「あ、ああ！　そうなんですか！　ありがとうございます」

「うん。それでな、今日行ったあの工場、明日から監査を入れる」

またまたあっけらかんとした言葉に、ギョッとする。

「か、監査？　監査って、内部監査室ですか？　何か見つかったんですか？」

「まぁ、そこから出てくるとは思ってもみなかったが、出たな。あそこの冷凍ハンバーグ、国産牛と仙台《せんだい》豚の合いびき肉が売りなんだ。工場を回っていたときに、自信満々に副所長が俺にうんちくを垂れていた。レシピを変更する場合には一度、本社の品質管理室を通すが、戻ってきてから確認してもその形跡はなかった」

「へぇ……」

副所長は、あの小太りの中年男性ってことかな？　あの人、副所長だったのか。

適当に相槌《あいづち》を打ちながら、オクラを食べ……それから、告げられた言葉の違和感に手を止めた。

「ちょ、ちょっと待ってください！　オバチャンの噂を鵜呑《うの》みにしたんじゃないでしょうね？　鶏肉が、って話！」

言葉遣いも何もかもすっ飛ばして言うと、社長はそれはそれは胡散くさい爽やかな笑みを返してくる。

「まさかだろ？　だから監査を入れる」

「調べるのに、監査室を入れるのはおかしくはないですが、唐突すぎます」

「いや、調べる価値はある。国産牛の市場単価が上がっているのに、仕入れ価格が変わっていない。豚の原価は市場で落ち着いているものだが、牛の仕入れの方は値上がっていてもおかしくないんだ」

し、市場単価って。

「仕入れ業社を変えたのかと思っていたが、そういう報告書も上がっていない。仕入れについて何か相談がないかと思って出向いてみれば……」

彼は小さく溜め息をついて、豆腐に手をつけた。

「これ、俺より先に監査室で気づくべきことだぞ。原材料が違うなんて、改竄《かいざん》事件だろうが」

「そうですけどぉ～」

何でこの人、そんな大事そうなことをサクサクと言っちゃうんだろう。

それって、今の食品業界を考えると大変なことだよね？　絶対に大惨事に繋がるようなことだよね！

「せっかくの懐石料理の味が、わからなくなりそう」

ポツリと呟くと、社長はあっさり頷いた。

「それは言われると思った。だから明日伝えればいいか、と思ったんだが。まぁ、聞いてしまったものは仕方がない。お前も覚悟しておけ」

『覚悟しておけ』って言われてもなぁ。忙しくなりそうって予感しかしない。だけど、それはそれでしょ。

「でも、いいんですか？」

「何がだ？」

「そんな大切な話を、私が伺っても」

私って『信用できるかどうかも判断つかない段階』なんでしょう？

不思議そうにしていた社長が、みるみる難しい顔になっていく。

「言っていることが理解できないが。どういう意味だ」

「私、臨時の秘書ですから、そんな大事そうなことを」

「お前、臨時とはいえ俺の女房役だろ。言わなくてどうするんだ？」

にょ、女房!?

思わず目を丸くすると、彼は困ったように笑って首を傾げる。

「今のところ、野村のように頼りにはならないが、お前は思ったことをハッキリと言ってくるしな。結構面白い」

「面白い？」

「今どきのやつって、ハッキリしないことが多いから困るんだ。意見があるなら言えばいい。採用するかどうかはわからないが、言わないよりはマシだろう」

「マシ……」

「とりあえず監査の結果次第だな。なめた真似してるなら、締め直しを検討しないと」

どこか闇を背負っていそうな社長の笑顔に、少し引いた。あなたは魔王か。

そう思いつつも、こっそりと心の中で溜め息をつく。

社長は『デート』だって言っていたけど、これって確実に違うよね。絶対にミーティングだもの。でも、社長としっかり会話することなんてあまりないから、今日はいい機会だったのかもしれない。

庭の方を向いてから、そっと箸を置く。

「今は、嵐の前の静けさですねぇ」

遠くから鹿威しの音が響いて……そして消えた。

仲良くなったようです。

それから数日の社長は、表面上は穏やか。といっても眉間のしわはいつも通りで、何事もなかったかのように仕事をしていた。

私が仕事が終わらずに遅くなって残業することがあると、『十九時に帰っていいって言っただろうが』と嫌そうな顔で注意しながら、当然のようにうちまで送ってくれるようになった。

それでも毎朝の言い争いは絶えない。社長って、私の暴言もよく聞き流すよね。

とりあえず、当面の問題は……。

「社長、そろそろお昼になさってください」

もうすでに十四時だというのに、ずっと執務室に籠って動こうとしない社長の体調管理だ。

「いい。少し空腹の方が、仕事が捗《はかど》る」

パソコンから目を離さないまま、社長がうわの空で呟くから、眉根を寄せる。

「捗ったとしても、過労で倒れたらどうするんです。あなたが倒れる方が、会社的に問題なんです」

「確かに問題だが、俺ひとりで会社が回っているわけでもない。俺は任せるところは任せているぞ」

「存じています。ですが、いないと困ることもあるんです。世間的に『若い』と言われている社長が倒れてみてください。絶対に、株式市場に影響がありますよ？」

ピタリと社長の手が止まった。それからゆっくりと視線を上げて、彼は真剣な顔をする。

「何気なく、俺を〝オジサン〟だと言っているのか？」

食いつくところ、そこかよ‼

思わず吹き出して、持っていた包みを執務机に置いた。

「何だ、これは」

「お弁当です。言っておきますが、冷凍食品だらけです」

「わざわざ言うことか？」

訝しげな顔をする社長に満面の笑みを返すと、自信満々に人差し指を立てる。

「世の中、便利だなーってことです。お弁当箱に入れるだけの自然解凍でもお腹は膨れるし、忙しい朝には助かります」

「いや、答えが違うような気もするんだが。それは、うちの商品開発に『頑張れ』って言っているんだな」

うちの会社の冷凍食品は、レンジでチンしないといけないものだらけ。でも、食品会社ではないんだから仕方がないっていうか。

「……私もよくマイペースって言われますが、社長もマイペースですよねー」

「初めて言われたぞ。しかも絶対に、お前には言われたくない」

「私は普通です！」

くわっと大きな口を開けて言い募ると、ムッとしたような視線を返される。

「どこが普通だよ。普通、頼まれもしないのに弁当を作ってくるか？」

「あなたがちゃんと食べに行けば、作りません」

ギリギリと睨み合っていたら、背後から急に声がかかった。

「君たちは本当に仲良しだよねぇ」

いつの間にか執務室のドアが開いていて、副社長が苦笑しながら立っていた。

「仲良くはありません。社長が食べ物を食べている様子がないからです」

「ああ。だから君がいつも、社食でふたり分の食事を調達しているんだね？　噂になっているぞ。今度は君が妊娠しているようだと」

え、妊娠？　ここ数日、ご飯を食べ終わった後に、サンドイッチだとか軽食をパウチしてもらっている。それを？

「そんな噂になっているんですか？」

「妊娠すると食が進むタイプのつわりもあるって話だね」

最近、食堂のオバサンがご飯を多めによそってくれている。もしかしてその噂は、食堂のオバサンたちにまで広まっているのかな。

頭を抱えていると、社長はいそいそと弁当の包みを開けて食べ始めていた。

「社長って、暢気ですね」

「だから、お前に言われたくない」

「それ、口癖になりつつありません？」

「言わせるやつが何を言う」

副社長がぶふっと吹き出して、慌てて執務室のドアを閉める。

「何だ、君たちは本当に付き合い始めたのかね？」

「いいえ。そんなわけがないでしょう」

きっぱり否定する社長を横目で見つつ、副社長がソファに座ったから、軽く首を傾げて尋ねる。

出た。

「副社長、コーヒーになさいますか?」

「あ、俺も……」

「社長はほうじ茶です」

あっけに取られたような社長の顔をスルーして、キリッと返事をしてから執務室を出た。


「お弁当には、ほうじ茶でしょう。どうしてコーヒーを飲みたがるのかな」

ブツブツ言いながらお茶とコーヒーを持っていくと、副社長はすました顔をして、社長は微妙に不機嫌な表情で、ソファセットに向かい合って座っていた。

とりあえず、それぞれにコーヒーとお茶を出すと、そそくさと執務室を後にする。

まぁ、弁当は少し越権行為だとは思っている。

とはいっても、彼はここ数日ずっと執務室に籠りきりだし、社長の体調を心配するのも秘書の役目だと思うんだよね。

社長って、ひとり暮らしでしょう? まさかいまだに会長と一緒に住んでいるとは考えにくい。

いつもパリッとしたワイシャツを着ているから、洗濯くらいは……。あ、シャツはクリーニングに頼めばいいだけか。アイロン片手の社長はどうも想像できない。だとすると、晩ご飯は外食なのかなぁ～なんて考える。それとも、お手伝いさんがいるとか？　いそうだよね。なんせ、こんなものを迷惑料としてポンとくれちゃうような人だもん。

しばらく右手のリングを眺めてから、パン！と両頬を叩いた。

仕事しよう、仕事！　社長は本来なら接点もなく、手が届かない人のはず。実は普通の人かもしれない……とか、どっちだって構うもんですか。

きっと他人のことばかり考えているんだろうな、っていうのは、私の主観的で自分勝手な希望的観測。テレビの中の芸能人は、実際は違うことが多いって聞くじゃない。

今はいわば共犯関係だから、優しく見えるだけ！　野村さんが帰ってきたら、私はいつも通りの生活に戻るわけだし。

私は別に社長のことなんて、観葉植物としか見ていない！　頭を冷やせ、私！　仕事しろ、私！　社内に籠ってばかりといっても、社長は結構アクティブな人だから、仕事もプライベートも忙しいんだよ！

でも、届いたメールに真剣に目を通しながら、ついぼんやりと右手のリングを眺めてしまっていて、慌てて書類の処理に戻っては、またしばらくすると思考が社長のことばかりになり始めている自分に気がついて、溜め息をついた。

私の脳内も相当、忙しいことになっていない？

これじゃいけない。頭をガンガンとデスクにぶつけていたら、ドアがガチャリと開く音がして、慌てて姿勢を正した。

「何やっているんだ、お前は」

社長が不思議そうな顔をして見てくるから、冷静にデスクを片づける。

「デスクまわりの整理整頓をしておりました」

「そうか。お前の整理整頓は変わっているな。頭突きで片づくとは思えないが」

見ていたなら見ていたと言ってほしい。ごまかした私がめちゃめちゃ痛い人じゃないか！

ムッとした顔に気がついたのか、彼は眉を上げながら意地悪そうに笑いつつ、きちんと包み直された弁当箱と、空になった湯飲みを差し出してきた。

「え。もう食べ終わったんですか？　ちゃんと噛んで食べました？」

「お前はいつから、俺の母親になったんだよ」

「なれるはずがないじゃないですか！」

噛みつくように言ってから立ち上がると、弁当箱と湯飲みを受け取る。

「ご馳走《ちそう》さん。ありがとう」

なぜか優しく頭をナデナデされて、最後にするりと三つ編みに指を絡められるから、頬に熱が溜まっていった。ドギマギして無言でいる私に、社長は楽しそうに目を細め、唇を笑みの形に変える。

「本当に変わったやつだよ、お前は。食後のコーヒーを頼む」

あっさりと、何事もなかったかのように執務室に戻っていったから、私は閉まったドアにポカンとした。

とりあえず気を取り直してから、ふたつコーヒーを淹れて、執務室のドアをノックしようとすると、副社長が出てきた。

「西澤さん、コーヒーありがとう」

副社長はフランクに言って去っていくから、おかわり用に淹れた余分なコーヒーを、困って見下ろす。

ま、いっか。

「失礼いたします」

「小娘、そこに座れ」

社長はソファに座り、悪巧みをするような笑顔を浮かべていて、思わず警戒する。

「副社長からお土産《みやげ》をもらった」

そう言って取り出したのは、〝丸屋《まるや》〟の芋羊羹《いもようかん》だった。

「キャー！　芋羊羹じゃないですか！」

目を輝かせると、彼が少し身を引く。

「……お前でも、そんな反応するんだな」

「当たり前です！　丸屋の芋羊羹は好きなんですよ～。じゃあコーヒーじゃなくて、緑茶を淹れてきましょうか？」

「俺はコーヒーがいい。お前も座れ」

目の前のソファを指差すから、言われるままにストンと座る。

まさか社長が食べているのを眺めていろ、とか言うわけじゃないよね？

とりあえずローテーブルにコーヒーのトレイを置いて、彼がビリビリと包装紙を破るのを見つめる。

まぁ、眺めてもいいなら、眺めさせてもらっちゃおう。至福。眼福。目の保養ってね。社長って、もうちょっと愛想がよかったら、どストライクな顔をしているのになぁ。

しかも営業スマイル以外の笑顔は、まぁ滅多に見ないもんねぇ。

「なぜそちらに？」

「社長って、いつも険しい顔していますよね」

「四六時中笑っていたら、気持ち悪いだろうが」

確かに……！　ではなくて。納得してどうするんだ。

「普通の顔してたらイケメンなのに」

「こんな顔はどこにでもあるだろ」

そんなわけないでしょーが！

「とりあえず、ほれ」

爪楊枝《つまようじ》に刺した芋羊羹を差し出されて、目をキラキラさせた。

「ありがとうございます」

身を乗り出して、パクンと芋羊羹を食べた。

うん。丸屋の芋羊羹は本当に美味しいよね〜。添加物を入れていないことで有名で、その分、日持ちはしない。純粋にさつま芋そのまんまっていうか、冷やして食べても、ちょっとオーブンで焼いてもいい。

ホクホクしていたら、硬直して固まった社長の顔が見えた。

「お前は、羞恥心はないのか！」

いきなり息を吹き返したように不機嫌に叫ぶ社長の言葉に、ムッとする。

「なんですか、突然。あるに決まっているじゃないですか！」

「普通の女が当然のように餌付けされるか、馬鹿！」

え、餌付け……。

言われてみれば、当然のように社長の手から芋羊羹を食べたかもしれない。

「すみません……弟たちも普通にくれるものですから、つい」

真っ赤になった私に大きな溜め息をついて、社長は爪楊枝を手渡してくれた。

「そういえば、弟がいるって言っていたな」

「はい。ひとりは就職していますが、もうひとりは大学生です」

「それは賑やかそうだなぁ」

「は、はい。まぁ」

言いながら、状況のおかしさに首を傾げる。

はて。今は就業中のはずだ。どうしてこんな〝お茶会〟状態に？

「では、サボりになりますから私は行きますね。ご馳走さまです」

「俺が許す。ひとりでは食べきれないだろうが」

唇を尖らせながら不機嫌そうに言われて、苦笑した。

何だろうなぁ。ちょっと拗《す》ねているのかな？

「社長は甘党なんですか？」

「いやぁ、そうでもない。甘いものに目がないのは女の方だろ？」

ススッと芋羊羹の箱を差し出されて、ニッコリした。

「ありがとうございます！」

ぐっさり爪楊枝で刺して、もぐもぐニコニコしていたら、社長も小さく微笑んでコーヒーを飲んだ。

「うん。そうしていれば年齢相応なんだがなぁ」

「そんなことを言っていると、年寄りみたいです」

「失礼だな。俺はまだ三十四だぞ」

拗ねたように唇を尖らせていたら、ただのガキですよ。

そういったことをしていても、美形が崩れないからいいよなぁ。私がやったら、ただブーたれて見えるだけだ。

「社長って、いつも難しい顔か、不機嫌そうにしているかだから、年齢より上に見えるんですよ。遣う言葉も偉そうだし」

「一応、偉いだろ？　というか、偉そうにしていなけりゃならないだろ。ペコペコへらへらしている社長に、誰がついてくるんだよ」

まぁ、それはそうだよね。

「素は違うんですか？」

何の気なしに呟くと、彼は真顔になって私を眺めた。

じっとしている様子は何かを考えているようでいて、どこか遠くを見ているように
も感じる。たぶん見ているのは私だけど、私じゃない。

しばらくそうして、それからいきなりふっと笑ったかと思うと、ゆっくりコーヒー
を飲んで、カップをローテーブルにコトリと置いた。

「俺はまわりと会話らしい会話をしたことがないから、わからん」

自嘲するように言いながらも、あっさりと放棄した言葉に、私は真顔になる。

今、わりと凄い言葉を聞いたような。気のせいかな？

会話らしい会話をしたことがない？　どういうことなんでしょ。

「昔から俺のまわりは大人ばかりだったから。学校の同級生からもなぜか遠巻きにさ
れていたし、社会に出てからも年上に気を遣われていたし」

社長のご子息なら、周囲も気を遣ったことだろう。

「そもそも、年が近い人間と、仕事以外の会話はあまり成立してこなかったと思う」

「社長、入社当時はどこに配属されていたんですか？」

当初は、きっと下積みを経験しているはずだよね？

「経緯はお前と同じだと思うな。総務課に一年、その後は秘書課にいたが、すぐに副社長になって……それから社長になった」

私はすぐに役職付きになったわけでもないし、今回のこれも正式なものでもないからね？　でも、何となく気持ちはわかるかなぁ。総務課も秘書課も、軽口を叩けるような雰囲気じゃない。お高くとまっている人が多いもんね。

「同期で飲みにとか、行ったことないんですか？」

「ないなぁ。年が近くても、こうやってざっくり話せた相手はお前くらいだ。後は俺に忍び寄ってくるか、俺の前でガッチガチに固まっている」

「……社長は社長ですからねぇ。私も暴言を吐いていたら、すぐに担当を外してくれるかと思っていましたもん」

「外れたかったのか？」

目を丸くしている社長に、ゆる〜く苦笑を返した。

「結婚相手として格好のターゲットである社長の近くに女の秘書なんて、やっかみの対象すぎて面倒じゃないですか」

気にしても始まらないからスルーしているけど、羨ましさ半分の噂が半端ない。春日井さんに至っては、堂々と直訴してきたし。

「そんなもんかぁ？」

「そんなもんですよ。うまく社長の奥さんになれれば玉の輿ですから」

「それを臆面もなく、スラスラ言っているお前は何なんだろうな」

呆れたような笑いを漏らす社長に、肩を竦める。

「何なんでしょうね？　じゃあ、社長が素だったのって、亡くなられたご両親の前くらいですか」

呟くと、社長の眉尻が八の字に下がった。

「それもあまりないな。小さい頃から、話し相手は運転手の小杉くらいだ。家政婦の勝子《かつこ》さんは、俺が一度実家を離れてひとり暮らしを始めると辞めたし。今はまた実家で暮らしているから彼女に掃除を頼んでいるが、俺がいないときに来ていて話す機会もない」

……うん。また凄いことを聞いた。

そういったことは、本当に仲良くなった人に暴露すればいいと思う。期間限定の、なんちゃって臨時秘書にするものじゃない。

社長は常識がないのか、ただ素直なのか、天然ボケなのか、それとも計算？

「何を悩んでいるんだ？」

「いえ。社長って、建前って言葉は知っていますか？」

とびきりよそ行きの笑顔を浮かべたら……。

「お前には言われたくないくらいは、理解している」

真っ正直に言われて、笑顔が引きつりそうになった。

とりあえず、素直な気はする。ただし、気がするだけだから、決めつけないでおくことにしよう。

「お前はわかってないなー」

しみじみ呟かれて、首を傾げた。

「俺はお前に『興味が湧いた』って言っただろう」

……そんなこと、言われたかな？

「興味も何も、私は見たままの人間だと思うんですが」

「見たままの人間が、どこの世界にいるんだよ。だいたい、見た目だけで言えば、お前は有能な秘書に見える」

キリッとした表情で言われるから、笑顔を返す。

「無能と言われるより嬉しいです」

「ただ、関わってみると、母親みたいだ。普通、年上の男を相手に世話を焼くか？」

世話を焼いた記憶はないような。ああ、弁当のことを言っているのかな？

「ご飯を食べに行かない社長が悪いんです。人間として、考えなくてはならないことですもん」

「人間として、か。まぁ、完全無欠な人間はいないよな」

そう言って芋羊羹をパクつく社長に目を瞠《みは》った。

いきなり〝人間〟を語り始めたの？

「いたらどうします？」

「そんなものは気持ち悪いだろ」

うわぁ。本気で気持ち悪そうな顔したよ。

「社長は完璧を目指さないんですか？」

「完璧な人間？　お前の考えている完璧な人間の定義を言ってみろ」

私の定義？　その定義って、考えたこともないかなぁ。

「何でもよくできて、性格も頭もよくて、人当たりも見た目もよくて、人徳もあって」

指折り数えていたら、彼が呆れた顔をした。

「完璧すぎて早死にしそうだなぁ」

私も少し思った。完璧な人間は早死にしそうだよね。

「人間なんて、清濁を併せ持っているものだろ。いいところもあって悪いところもあって。そっちの方が人間らしくて、俺は好きだな。お前のは単なる理想。そうじゃなければ聖人」

とにかく、社長が自分自身のことを〝完璧〟じゃないと暗にほのめかしているのはわかった。

……それにしても、どうしてこんな話になったんだろ？

芋羊羹とコーヒーを片手にお茶会をしながら、執務室で人間を語り合う社長と秘書。それがどれだけおかしいのかくらいは、理解できるよ。そして話が逸れてしまったのもわかる。

「ところで、どうして私に興味が湧いたんですか？」

「変なやつだからだな」

あっさりハッキリ、しかもきっぱりと、失礼なことを言われた！

「興味があるなら調べて、知ればいい……んだが、お前は人間だからな。そう簡単に胸のうちまでペラペラ語るとは思えない」

「はあ……」

何とか返事らしい返事をして、真剣に語っている社長を見つめ……いや、眺める。

「知りたいなら、まずは話せばいいだろうが、こっちが質問ばかりしているのも、どう考えてもフェアじゃない」

そんなところにフェアプレイ精神を持ち出されても、少し困る。

「履歴書を見ても、わかるのは学歴や趣味だけだったしなぁ」

「つまり、物珍しい女が目の前にいるから、興味が湧いたと？」

「いや。違うぞ」

ぼんやりしている私を眺めながら、社長は少し子供っぽくて可愛らしい、どこかワクワクしたような笑顔を見せた。

「お前だから、興味がある」

それって普通、男が女を口説くときに遣うような言葉じゃないだろうか。

うん。私は自他ともに認めるマイペースな女。でも、この人ほどだとは思えないな。

話に聞くように、この人の場合は誰とも――少なくとも、同じ感覚を共有できるような友達もいないみたいだし、暴走したとしても止められる人は皆無だろうね。純粋に、〝変わった人間〟として認定を受けちゃったのか、私は。

「私のどこが、それほど変わっていますか？」

冷めてしまったらもったいないので、副社長のおかわりに持ってきたコーヒーに口をつけると、芋羊羹の甘味が中和されていく。案外合う組み合わせだ。

そんな関係ないことを考えていたら、彼は少し首を傾げ、しばらくして頷いた。

「俺でも、学生の頃は異性と付き合ったことくらいあるからな」

いや。そこは聞いていない。

学生の頃に付き合った女の子たちと同列で考えられても、ちょっと困る。女嫌いを装っていなかったなら、さぞかし女の子にモテたでしょうね。

「勝手に俺を崇拝《すうはい》の対象にするか、勝手に自分の下僕にしようとするか、両極端な女しか知らないが」

「そ、それは確かに両極端ですね」

私もそれは同じだと思う。社長は〝観賞用〟だから。観賞と崇拝は似ているような感覚だ。

「こうも見事に、普通に接してくる人間はいなかった」

「全くいなかったわけではないでしょう?」

「会長と副社長は普通だな。両親は……まぁ、あのふたりと長時間まともに話をしたのは進路相談のときくらいか。後は小杉と勝子さん。この人たちは皆、どちらかとい祖父である会長、叔父である副社長やご両親は、〝部類〟ではなくて、間違いなく身内でしょう？

……今、まざまざと社長と親族の溝を見せられている気がするのは、私だけ？

「後は羽柴が遠慮がないくらいだな。入社当時、よく同期と一緒に飲みに連れていってもらった」

あの狸オヤジが何を考えているのか正直わからないとはいえ、話を聞いていて思うのは、社長は孤独なんだろうってことか。

「どうしてお前がかわいそうなものを見るかのように、俺を見てくるのかがわからん」

「だって社長、そもそも亡くなったご両親と会話していないって」

小さな子供の頃って、父親母親との会話って、大切なことだと思うな。そうやって言葉を覚えていくものだろうし。

「仕方ないんじゃないのか？　あの当時は爺さんが社長で、オヤジは副社長で、母は専務だったから」

それは知らなかったけど。

「別に寂しいとは思わなかったぞ。お前がそれを心配しているなら」

社長はゆったりと座り直し、脚を組むと、優しい笑みを浮かべる。

「勝子さんは住み込みだったし、送り迎えには小杉がいたし。やんちゃな遊びは彼に教わった」

社長は言葉を止めて、少しだけ困ったように指先で鼻の頭を掻いた。

「俺が偉そうなのは、そこが起因か」

思いついた原因に、彼は今さらながら気がついたみたい。

生まれてから両親とあまり話もせずに、いわゆるお世話役ばかりと会話を成立させてきたのか。

「考えてみたら、社長って結構、私に対して思ったままな言葉遣いですもんねぇ」

社外じゃ当然、社長も敬語を遣う。副社長には……ふたりでいる場合は軽口で、副社長秘書の寺脇さんがいると敬語だった。

羽柴さんと話していたときは偉そうだったし、私にもいつも偉そう。そして最近は、〝超〟口が悪くなってきた気もする。

「偉そうなのが、素なんじゃないですか」

ポツリと呟いたら、社長はなぜかふて腐れたような顔をした。

たとえ一瞬でも見逃さなかったもんね。

「どっちでもいいだろ」

「はい。私には関係ない話ですし。おっしゃる通り、社長が社員にペコペコしていたら問題ですもん。主に見た目的に」

「ともかく、爺さんの米寿祝いについて相談がある」

急に話が百八十度変わった気がした。真面目な表情に戻った彼に、姿勢を正す。

「私は、隣に立っていればいいだけですよね」

「ああ。どちらかというと、ピッタリくっついていろ」

ピッタリは難しい。だってあなた、会長の祝辞を頼まれているでしょう？　さすがに終始ピッタリ張りついているわけにはいかない。

やや険しい顔をしている社長を、じっと見つめる。他に何か含んでいるような印象を受ける。

「何か問題が？」

「まぁ、少しな。来客のゲストに数名」

ゲストに数名？　そっと外された視線に、ピンとくるものがあった。

「それは女性でしょうか？」

言いながら少しずつ目を細めていく。

「社長、いい大人が情けないんじゃないですか？　そもそも社長が毅然《きぜん》としていたら、防げることだと思います」

「いや。その通りとしか言いようがないから、反論もできないんだが」

「いくら肉食女子が増えたからって、社長の意思を無視して迫ってくる方はいないでしょう？」

「それは……」

社長は言いかけると急に口を閉ざし、顔の前で祈るように手を組むと、真摯な視線を私に向けた。

「実は、いるんだ」

いるんだ⁉　まさか、場の空気も読まずに、ぐいぐい迫ってくる女性が？

でも待って。社長は社会的な地位もあるから、強く拒否できない相手ってそんなにはいないんじゃないの？

どうなんだろう。これまでの私は、祝賀的なパーティーがあっても裏方の経験しかないから、想像もつかない。

「どなたか伺っても？」

「峰《みね》友加里《ゆかり》社長」

ポツリと呟かれた名前に、あんぐりと口を開け……。

「嘘だぁ～」

私の言葉に、社長はガックリと顔を伏せた。

だってさ、峰友加里社長っていったら、老舗《しにせ》呉服店〝峰富士《みねふじ》〟の次女。自身は〝フェアリー・エアー〟という、十代から二十代の女性に大人気のアパレルメーカーを立ち上げた女社長。雑誌の記事を鵜呑みにするなら、〝日本最後の大和撫子《やまとなでしこ》〟なんて呼ばれる楚々とした美人。確か、年齢は二十九歳だったかな。

そんな情報を基に、まじまじと社長を眺める。微かに見えるまっすぐな視線。これは本気だ。咳払《せきばら》いしてから、姿勢を正す。

「ええと、申し訳ございません。状況も聞かずに断言してしまって」

「いや、気持ちはわからないでもないんだ。最初は俺も頭の中で『嘘だろ？』状態だったから」

雑誌で知っているだけで、お話ししたことはないから、人となりはわからない。でも見た目は完璧に大和撫子だもんねぇ。

「彼女には日本語が通じない」

「そうなんですか？　では、英語でお話しすればよろしいんでしょうか？」

「そういう問題ではなく、こちらが遠巻きに〝お断り〟を入れても通じないから、ハッキリ断ったところ、ホテルの鍵を取り出した猛者《もさ》だ」

あの大和撫子を捕まえて、『猛者』とは……。

「まわりの取り巻きは彼女の手足だな。思えば、いつの間にか野村と引き離されていることが多かった」

難しい顔を上げ、私を見つめる視線は、あくまで真剣だ。

「それからその取り巻きたちは、実に効率よく他の社長や取引先を牽制《けんせい》してくれる。正直言って、俺が祝賀会なんかに出席すると、毎回そうなるんだ」

もうここ半月くらいでいろんなことがあったわけで、私も少し慣れてきたつもりではいたのに、その世界はいまだに理解が追いつかない。

「あれは忘れられない。『お気持ちは嬉しいですが、今は誰とも付き合うつもりはないので』というのは、ハッキリとした断り文句だよな？」

「まぁ、『お前なんか嫌いだ』よりは柔らかいですが」

「しかし意図は伝わるだろう？　それなのに、『では、明日であればよろしくていらっしゃるの？　ホテルの部屋を取っているので、ひと晩いかが？』とか言われた俺の身にもなれ」

一般の人なら、『今がダメなら明日はどうだ！』とは普通はならない。常識的にその考えには至らないはず。

でも、惚《ほ》れた腫れたは常識が通じない話だし。なんていうかさ……。

「少し寒気がします」

腕を摩ると、社長が『そうだろう』とでも言わんばかりに頷いた。

「さすがの俺も、被っていた猫をかなぐり捨てて野村のところまで走ったな。とりあえず急な腹痛で帰ろうとしたら、『お部屋で休んでいかれませんか？』とまで聞かれた」

「社長が猫を被るんですか？」

「被るぞ。さすがの俺も、親しくない人間にまでこんな口調で話さないし」

「あれ。私は親しい人認定されているんですね」

不思議に思いながらも言うと、彼は気の抜けたような半笑いを返してきた。

「お前ね、三ヵ月も近くにいる予定で終始猫を被るつもりなら、最初からいつもみたいにすました顔しているぞ？」

「でも、秘書課にはバレたような気がしますが。私と言い争っているし」

「誰のせいだ、誰の」

ジト目で見つめられて、乾いた笑いしか出てこない。大まかに私のせいですね。

「とにかく、祝賀会は明日だが、準備は大丈夫か？」

「はい。ちゃんと買っていただいたワンピースドレスを着ていきます」

「うん。とりあえず明日は、どこの美容室に行くんだ？　迎えに行ってやる」

何だかとっても偉そうに言われて、その内容に首を傾げた。

「美容室？　髪は切りませんよ？」

「違う。女性はメイクとか髪とか、やるだろう？」

やりますけど、自分で。

キョトンとした私に、社長がガバッと身を乗り出した。

「行かないつもりか？」

「行かせるつもりだったんですか？」

「今どき、知人の結婚式でも美容室に行くんだろう？」

懐疑的な表情で言われて、苦笑する。

「あなたの常識が、一介の秘書に通じると思わないでください。だいたい、私がそんな見栄っ張りに見えますか」

「見えねぇよ。見えないが……」

彼はスマホを取り出して、いきなりどこかに連絡を始めた。

「ああ、すみません。俺です。叔母さんの力を貸してください」

叔母さん？　え、社長の叔母さんって、副社長の奥様？

パチパチ瞬きしている間に彼は会話を終え、真顔で私を見る。

「小娘、明日は九時に迎えに行く」

「えええ。祝賀会は十二時半からですよ？　それに、午前中の仕事が」

「いいから従え。いや、頼むから従ってほしい。これは武装だと思え」

ぶ、武装？　とんでもないことを言われている気がしないでもない。

でも、気迫の籠った社長の表情に、とりあえず頷くしかなかった。

戦場のようです。

翌日は朝から大変だった。レースがたくさん使われている清楚な白いワンピース。これは予定のうちだからいい。

社長に『これにしよう』——意訳すると『これにするが異存はないな、小娘』と選ばれて、身につけた真珠のネックレスとピアス。これもアクセサリーを選んだときに納得させられたからよしとしよう。

でも正直言って、美容室に連れていかれることは本気で想定外だった。

今は、髪は毛先だけを巻いて下ろしている。可愛らしく、両手両足の爪に珊瑚色《さんごいろ》のマニキュアとペディキュアまで塗られ、メイクも〝大人清楚〟をコンセプトに仕上げられた。そして右手には、ウン十万円のカモフラージュリング。

鏡を眺めた感想は、『どこのお嬢様なんだ、これ』だ。

そんな感想も、プロのヘアメイクさんには言えない。連れてきてくれた副社長の奥様も、私の姿を見て満足そうに顔をほころばせて、「可愛いわぁ。こんな娘が欲しかったわぁ」なんておっしゃってくださった。

そういう奥様も、セミロングの黒髪をくりんくりんと内巻きにしていて、華やかな着物にもよくお似合いです。

私を迎えに来てくれた社長も、目を輝かせながら満足そうに頷いている。

「思っていた以上に綺麗だ」

普段の私のメイクと、プロのメイクテクニックを比べないでほしいっす。そして、その見たこともない楽しさマックスの笑顔もやめてほしいです。

「私は全然楽しくないんだからね」

俯きながらブツブツ言っていると、社長に右手を引かれて顔を上げる。

「せっかく綺麗なのに、不機嫌そうにしていたら台無しだぞ？　まぁ、顔が赤いから、半分は照れているんだろうが」

そう言って、スルリと私の頬を撫《な》でた指先がそのまま首筋を辿《たど》り、真珠のネックレスで止まる。ついでに私の息も止まる勢いだ。

社長はいつも、パリッとした高級そうなスーツを着ている。だからスーツ姿は見慣れているはずなのに、今日はいつもよりキマって見えるのはどうして？

違っているのは、ネクタイの結び方がややこしそうってことと、胸ポケットに白のハンカチーフが入っていることくらい。スーツの布自体もいつもより光沢があって、触れたら心地よさそうな気もする。フェロモンが十割増しです！

そんなのが、嬉しそうとか楽しそうに、優しく微笑んでいるなんて……。

目に優しくない。絶対に優しくない。それどころか、非常に身体に悪影響を与えてきそう。もう与えられている気もする。

「動悸《どうき》と目眩《めまい》がするので、帰っていいですか？」

必死になって言うと、真剣な表情を返された。

「いいわけがないだろう。時間が迫っているから行くぞ」

……ですよね～。

社長に手を引かれるまま、半泣きになりながら美容室を出る。

「あ、社長。奥様は？」

言いかけたとき、副社長が現れた。

「やあ。綺麗になったね、西澤さん」

彼は立ち止まることなく素通りすると、奥様に両手を広げて近づいていく。

これは、見てはいけない場面ってやつだよね。

「では、ふたりとも後ほど会場で」

副社長が奥様と仲良さそうに手を繋ぎながら、私たちを追い越していく。視線を逸らすと、それをどこか寂しげに見送っている社長の横顔に気がついた。

「叔父さんは愛妻家だよな」

ポツリと呟いた社長の言葉が、どこか羨ましげ？

「社長も、理想はあんな感じですか？」

聞いてみると、静かな視線が下りてくる。その目の中に、一瞬だけ迷いが見えた気がした。でも、すぐに消えてしまう。

「俺にはまだ、嫁さんを守るだけの力はないよ」

「奥様になった方を守りたいんですか？」

「そうだな。女性は守るものだと教えられて育っているから」

そうなんだ。それじゃあ、見た目が大和撫子な峰社長が、実は獰猛《どうもう》な肉食女子だと知って、ショックも凄かったんだろうなぁ。

「最近の女子は、あまり守られませんよ」

からかうようにして言うと、小さくクスッと笑われた。

「だからといって女性に守られるのでは、男としては情けないぞ」

「守り方の領分が違うんじゃないでしょうかねぇ」

「そういうもんか？」

「いろんな考え方がありますから」

お互いにクスクス笑いながら、待っていてくれた小杉さんに手を振って、車に乗り込んだ。

「いいか。会場に着いたら、俺から離れるんじゃないぞ?」

「かしこまりました」

神妙に頷くと、納得していないのか、社長はまだ言い足りないように、しかつめらしい顔をする。

「俺がスピーチに立っているときは、副社長の隣にいろ」

「わかりました」

「誰か女性に呼ばれても、絶対についていくんじゃないぞ」

えーと、何と申しましょうか。

「社長、くどいです……」

ボソリと反論したら、じろりと睨まれた。


そして、パーティー会場の厳かなホテルに到着した。先に降りた社長の手を借りて、車から地面に足を下ろす。

「気を抜くなよ？」

「社長こそ」

こっそり言い合うと、社長は空いている手を私の腰に回してきた。スーツを着た人がにこやかに近づいてきて、挨拶をする。

彼が普段ではあり得ないくらい柔らかい口調で返事をしているけど、正直、私はそれどころじゃない。エスコートされているよ、私。

腰に手を回すのはやめてくれないかな。かなり恥ずかしくて身悶えしそう。今すぐにどうにかしてー！

もぞもぞしていた私に気がついたのか、社長は笑みを浮かべて、私の耳元まで身を屈める。

「赤くなるな。平常心でいろ。いつもこうしていると思い込め」

ここまでする必要ある？　もう心臓はバクバクしているし、耳元で囁くように言われるからくすぐったいし、眉目秀麗な顔を近づけられたら息ができないし。それでも笑みを崩さなかった私に、天晴《あっぱ》れだ！

「すでに始まっちゃっているんですか？」

「言っただろう。その気はなくとも、俺は顔が売れている」

傍目には、なごやかに会話しているように見えるだろう。

笑みを貼りつけたままロビーに踏み込んで、チラリと辺りを見回すと、いくつか興味津々の視線とぶつかった。

これはまさに、動物園状態じゃ？　に、逃げてもいいですか？

「ここまでとは……」

あり得なくない？　そこそこ大手とはいえ、単なる商社の普通の社長だよ？　国賓でも何でもない。それなのに、こんなに見物されるってことは絶対にないと思う。

「まぁ、ここで爺さんの祝賀会をすることを知っている人間も多いし、ロビーに今日のゲストがいないとも限らない。俺も久しぶりにこういう席に来るから、見られるのは仕方ないいな」

何でもないことのように言うけど、これが毎回だったらかなり疲れるだろう。

社長は見た目もいいから、ひとり誰かが見れば、波及効果が起きてしまうってことも理由のひとつかな。

「気合い入れて、女優になります」

「その意気、その意気」

会場まで丁寧に案内され、ドアが開くなり、たくさんの人の視線が集まってきた。

思わず社長のスーツにすがりつく。

「大丈夫だから、美和」

場慣れしている人と一緒にしないで！　私は、世間の注目を浴びた記憶のない人間なんだから！

「しゃ……」

すると何を思ったのか、社長は肩に手をかけると、私をぐっと引き寄せた。

「隼人だ、隼人」

めっちゃくちゃいい笑顔で耳打ちするから、私も笑顔で彼を見上げる。

「そこまでする必要……」

「ある」

断言するんじゃないよ！

思わず睨みつけそうになったら……。

「笑顔」

言われて、ニ～ッコリと返した。

何か、ムカつく～っ‼　でも、乗りかかった船だ。やってやろうじゃないの。

一瞬だけじろっと社長を睨むと、一瞬だけニヤッと笑われる。

突き刺さる視線を無視しながら会場に入っていくと、奥まった位置にすでに副社長夫妻がいて、私たちの姿に微かに苦笑していた。

「注目の的だねぇ、隼人」

同情するような言葉に含まれる、からかいの声音に、社長が副社長を笑顔のまま見つめる。

「何かしたでしょう。これほどのことは、今までにないですが」

「さっき松野《まつの》開発の専務が来て、少し雑談しただけだよ」

「それはいかがなものかと。あの方は無駄に人脈が幅広いですから」

これはわかる。社長、呆れたような声で話している。

松野開発の専務は、松野勇介《ゆうすけ》さんって名前だけは知っている。でも、うちとはほとんど接点がないからお会いしたこともない。そう考えていたら、副社長と目が合った。

「お前も少しやりすぎだ。肩を抱くのではなく、腕を組むくらいにしておきなさい」

ナイス副社長！　私も、これはやりすぎだと思っていたんだよね！

チラリと社長を見上げると、彼は肩から手を放し、なぜかしぶしぶ私の腕を自分の腕に軽く組ませる。

「不服そうですね」

「ああ」

え、不服なの？

目を丸くして顔を上げると、不機嫌そうな表情を見つけて、びっくりした。

「社長……？」

「だから、隼人だ。そう呼べ」

呼べるわけがないから！　本当に、何を考えているんですか！

お互い笑顔がなくなった途端、会長の到着が告げられて、瞬時に笑顔を貼りつけた。

立食パーティー形式の祝賀会の開始が告げられ、執行役の乾杯の音頭《おんど》の後、微かにざわつく会場の中で役員たちのスピーチが始まった。しばらくして社長が呼ばれる。

「副社長の隣を離れるなよ？」

「わかりましたから」

早く行きなよ。心配性だなぁ。

難しい顔のまま離れていった社長を見送り、ホッとしていたら、いなくなった彼の立ち位置にそっと副社長の奥様が立つ。もしかして、と逆を向くと、副社長も立っていた。

どうしよう。副社長夫妻に挟まれたよ、私。

「美和さんも災難ねぇ」

奥様がそう言って、優しそうに微笑んだ。

「あ、奥様はご存じで……?」

「私のことは『麻百合《まゆり》』でいいわよ。主人から聞いたわ。あの子もさっさと結婚してしまえばいいのに」

奥様は、会長と同じことを言っているよ。

「でも、まだよねぇ。隼人は子供っぽいところがあるから」

奥様……麻百合さんの言葉に頷きかけて、やめた。

こんな変なことに荷担させられて、気安く接してもらっていても、私は単なる臨時秘書。ここで頷いたら、下手をすると単なる悪口にしかならない。

何も答えずに黙っていたら、麻百合さんが私の顔を覗き込んだ。

「遠慮しなくていいのよ。東野家の男子はわがままで、気ままで、少し強引だと、よく母が言っていたから。兄さん……隼人の父親も相当だったわ」

「事故で他界されたことしか、存じ上げないのですが」

私が入社した頃には、すでに社長は社長だったし、副社長は副社長だった。

「そうねぇ。兄さんは平凡な二代目社長だったわ。よく義姉が監督していたんだと思うのね。父さんが甘やかしたから、少し甘ったれなところもあったし」

お願いします。そういうことは身内同士で言ってほしい。間違っても、一介の社員に言うようなことじゃない。

「……すまないね、西澤さん。麻百合も間違いなく東野家の娘なんだ。妻の場合は、わがままで、気ままで、空気を読まない」

副社長が半笑いを浮かべて話しながらも、スピーチに拍手を送っている。

「うちは男ばかりだから、麻百合は若い娘さんと話をするのが楽しいんだと思う」

「そうなのよ。隼人がダメなら、うちの息子の嫁になるのはどう？　長男は二十八歳なの。根はしっかりしていると思うわ」

それは遠慮します。社長や副社長みたいなセレブに憧れがないと言えば嘘になるし、お金はないよりあった方がいいに決まっている。

だけど、そんなにいいものでもないっていうのは、身近で見ていると、何となく感じたりするんだ。

人前ではいつも、それなりの笑顔か無表情の社長。言葉遣いも実に丁寧。それって間違いなく、世間に向けての表の顔でしょ？

少し悪ガキで、ちょっと素直で、かなり強引な社長が、本当じゃないのかな？

まぁ、強引さはともかく、悪ガキで素直な人が社長なら、会社は大丈夫かなあって心配しなくちゃならないかもしれない。

こうして考えると、『実際は会長が、会社を動かしているんじゃないの？』って噂がなくならないのは、わかるというか。本来の社長を知っている人ならそう思うだろうって、何となく想像できるというか。

でも、そういう人は、社長の本質は知っていても、仕事をしている姿には目を向けないんだろうなぁ。

『だいたいの人間は、勝手に自分の解釈で誤解してくれるはずだ』と言っていた社長。過去にもたくさんのことを勝手に解釈されて、誤解され続けてきたんだろうな。

そんな風に思ってしまうのは、私の主観。

気づけば、無難に社長のスピーチが終わったらしい。壇上の彼と目が合った。拍手の中、社長が来賓に挨拶しながらゆっくりと近づいてくる。

そして私の目の前に立つと、彼は爽やかに微笑んで首を傾げた。

「小娘。お前、聞いていなかっただろ」

……おう。バレていたらしい。

いやぁ、だってさ。こういう祝賀会とかパーティーとかのスピーチって、どれも似たり寄ったりなんだもん。わざわざ記憶に残そうとは、あまり思わないってば。特に私は、『スピーチは聞き流せばいいか〜』って思う人種なわけでさ。たまにそれで困るときもあるけど、そこまで大事にもならないし。

ここは可愛らしく顔でも赤らめながら、オドオドして『すみません』と謝るのがセオリーかな。

「お前らしいといえば、お前らしいか」

それはそれで、『どんな認識だ』ってツッコミを入れたくなるよ。

「叔母さん、ありがとうございます」

社長が麻百合さんにそう言うと、彼女はそっと副社長の隣に戻り、社長が私の横に立った。

気のせいかな。社長でなく私が逆に守られているような気分になるのは、どうして？

「社長？」

声をかけると、見守るような視線と目が合う。

「そんなに長居するつもりはないから、安心しろ」

はぁ。さようでございますか。でも、それでホッとするのは社長じゃないの？

疑問に思いつつも、考えることをあっさりとやめにした。

それから会場の中では緩やかに歓談が始まり、あちらこちらで名刺交換が始まった。会長の誕生会というよりも、企業交流会になっている。

まぁ、会社で主催するパーティーにはいろんな企業の関係者が集まるから、こうなるか。

一番多く人が集まっているのは、やはり会長のまわり。彼の姿が埋まっちゃうくらい凄い人数だ。今日の会長は作業着ではなく、貫録たっぷりの紋付き袴《はかま》姿。

例に漏れず、社長の元にもちらほらと取引先の人が来て、話を始めている。

私もチラチラ見られたけど、うっすらと聖母スマイルを浮かべて無言でいるうちに、彼らの興味は離れていった。

「何か食べるか？」

ちょうど人がいなくなった頃合いに声をかけられ、社長を見上げる。

「何を召し上がりますか？　取ってきます」

「馬鹿。離れるつもりか、お前は」

ああ。そんなつもりはなかったんです。

「それじゃあ一緒に回りましょう」と、彼と並んで歩きながらテーブルを回り、好きなものを皿に取っていたら、訝しそうな顔を向けられた。

「そういえば、叔母に何か言われたのか？」

「え？　先ほどですか？」

「笑顔が固まったのが、壇上からでもよく見えた」

んんん？　それはいつだろ。ああ、あれかな。

「社長がダメならって、副社長の息子さんを勧められました」

「ふうん？　別にダメってことはないんだがなあ」

はい？

思わず固まって、まじまじと社長を凝視する。

「意味わかってます？」

私は『社長がダメ』ってことと、『副社長の息子を勧められた』ってことしか言っていないよ？

「うん。わかっていると思う――」

「お久しぶりです、隼人さん」

彼が言いかけたとき、するりと静かに、着物姿の女性が間に割り込んできた。

婀娜《あだ》っぽく、でも繊細に結い上げた長い黒髪。肌は陶器のように白くきめ細かで、頬は綺麗な朱色。小さくて品のある唇は、鮮やかに赤い。

清楚で美しい大和撫子が目の前に咲いたけど、私の視線は、彼女が身につけている着物に向かってしまった。

空色に近い薄青に、色鮮やかな蝶々《ちょうちょう》と金龍？　どういう趣味……。

「お久しぶりです、峰社長」

少し硬い表情で答える社長と、私の視線が無言で絡まる。

うん、私の出番だよね！　ここは冷静な秘書の役かな。それとも……と考えて、方針が決まった。

無言で社長の隣に立ち、彼の腕に手をかけ、寄りそうようにすると、社長が微かに驚いたように私を見下ろし、峰社長の目が一気に冷たく燃え上がった。

うわあ、怖い。美人の怒った顔って、怖い～！　でも、ここで負けちゃいけない！

「秘書の西澤と申します。はじめまして、峰社長」

できるだけ華やかな笑顔を向けると、彼女の表情もほころんだ。

まさに『花が咲いた』という形容がピッタリ！　なのに、極寒の大地に咲き誇る大和撫子に、寒気しか覚えない。

「はじめまして。秘書さんですの？」

「ええ。一時的なものですが」

臨時の秘書は、一時的なもので間違いじゃないもんね。その〝一時的な〟秘書の意味をどう解釈するかは、お任せしよう。

「そうなんですか。隼人さんには、懇意にしていただいておりまして」

うーん。隼人さんに〝懇意に〟していただいているのか。それもそれで、いろんな意味に取れるよね。

「そうなんですか？　それはありがとうございます。確か、峰富士と取引があるのは存じていましたが、フェアリー・エアーも我が社と取引を開始されるということですか？」

フェアリー・エアーとうちは、取引がないと知っている。今日のあなたは、単なる取引先のオマケでしょう？

峰社長は固まったような笑顔のままで社長を見上げ、小さく首を傾げる。

「そうしていただければ、と思いますが。では、失礼いたしますわ」

そっと離れていく彼女をふたりで見送り、その姿が人混みに紛れて見えなくなると、社長の雰囲気が一気に柔らかくなった。

「……心臓に悪い」

「すみません」

でも、間に割り込まれたってことは、宣戦布告でしょう。先手必勝ですよ。

それから顔を合わせて、お互いに空々しいくらいに爽やかな笑顔を向け合う。

「お前は疲れるな」

「お互いさまでしょう」

バリッバリの猫を被っているんだしね。

「とにかく、何かつまみましょう。腹が減っては戦はできませんよ」

「ああ。お前もこれを戦と認識したか」

「しますよ。あれだけ敵意を向けられたら」

「まぁな……」

そう言いながら、皿に盛った食べ物をふたりでせっせと口に運んで、会場を見渡す。

さっきまでは浮き足立っていたし、場の雰囲気に呑まれかけたけど、冷静になってみると全体を見回せる。

渦中にいないと思って落ち着けば、いつも裏方仕事をしているわけで、気がつくことも多い。

今、会長のまわりにいるのは、おそらく旧知のお歴々。あそこだけは緩やかに温かな時間が流れている。きっと、悠々自適な生活が中心の方々の集まりなんだろう。

そして、副社長などの重役たちの周囲にいるのは、取引先の人たち。かなり熱心に名刺交換している。

それから、峰社長――もとい大和撫子のまわりに集まる、華やかで清楚なお嬢さんたち。あのチームは社長狙いの集団だと認識しておこう。

彼女たちの間では、『厚顔無恥な秘書が隼人さんの隣にいる』とでも噂になっているんだろうな。

後は、ホテル側が、ずいぶん教育の行き届いたウエイターとウエイトレスを配置してくれている。空のグラスや皿が置きっぱなしに、なんてなっていない。

さて、と社長に向き直って瞬きをする。

「社長はお友達がいないんですか？」

「コミュニケーションが苦手なのは認めよう。ただ、全くいないわけでもないぞ」

憮然《ぶぜん》としながらも正々堂々と言う社長に、クスリと笑ってしまった。

そうなんだ。友達はいるんだ。

「社長職などに就いている友人はいないから、こういった場ではなかなか会えないがな。それ、うまそうだな。どこにあった？」

急な話題の転換に、フォークで刺していたトマト煮込みの鶏肉を眺める。

「美味しいですよ。えーと」

料理の置いてあった後ろのテーブルを振り返るも、すでにフードウォーマーは見当たらない。

「下げられちゃったのかも。あまり残っていませんでしたから」

「ふーん」

また同じものが運ばれてくるかな。

ゆったりと落ち着いて対応しているウエイターたちの動きを見ていたら、フォークを持っていた手を急に掴まれる。ギョッと振り返った瞬間、刺さっていた鶏肉が社長の口の中に消えた。

「……あの」

「うん、うまいな。今のが好きな味なら、これもお前の口に合うと思う」

チーズが乗った何の料理かわからないそれを、フォークに乗せて普通に差し出す社長。自分の体温が上昇していくのがわかる。

「どうした？　お前はこういうの、平気じゃなかったか？」

もしかしてこれは、昨日の芋羊羹をペロッと食べた復讐《ふくしゅう》？

でも、不思議そうな社長には何の含みもないらしい。

だけど私の位置から、チーム大和撫子が口を開けて悲鳴を上げそうになっているのが、見えちゃっているんだよね。

「さすがにここでは、お行儀が悪いでしょう？」

「そうか？」

「そうですよ。それに……」

あなたが言ったんでしょうが。『羞恥心はないのか』って。私にだって、羞恥心はあるよ。

「とにかく、それはあなたの胃袋に収めてください」

「わかった」

素直に料理をパクつく社長に、溜め息をついた。

これを天然ボケと呼ぶのかな？　そうだ。そうに違いない。

そうして食べ終わった皿をウエイターに渡すと、社長は背の高いフルートグラスを持ってきた。中身は微かに琥珀色《こはくいろ》をしていて、気泡がシュワシュワと上がっている。

「少しは飲めるんだろう？」

「ありがとうございます。そんなに強くはないんですが」

人が近づいてこないのを幸いに、自然と壁寄りに立ち、ふたりでグラスを傾けた。

こういう祝賀会やパーティーに、客として参加したことはない。会場の手配や出す料理の采配なら、何度かしているけど。

会場によっては秘書がウエイター役に回るし、当日の受付も間違いなく秘書の役割。その他、会場内で問題はないかどうか気を配りながら、目立たないところに控えていたりする。たとえば衝立《ついたて》の奥とか。

そんなことを思って入口付近のパーティションの脇を覗くと、詩織と春日井さんの姿があった。詩織と目が合ったから軽く手を振ると、春日井さんに殺人的な視線で睨まれる。

……怖いから忘れようかな。その方が精神的にダメージが少ないと思うし。

「片方はわかるが、もう片方は知り合いか？」

静かな声でそう言って、社長はグラスをもてあそんでいる。

「同期の成田《なりた》詩織です。仲良くさせてもらっています」

「そうか。同期内で仲がいいのは何よりだ」

その言葉に、どこか自嘲めいたものを感じた。

「あなたにも同期はいるでしょう？」

「一応いるな。総務課の田原《たはら》や、企画課の須永《すなが》がそうだ」

総務課の田原主任と、企画課の須永主任？

「他にもいたが、よく知らない。あからさまに社長の息子扱いされていたから、俺に気安く話しかけてきたのはそのふたりくらいで、後は遠巻きにされていただけ」

ああ、なるほど。それはそうでしょうねぇ。私も同期に社長の息子がいたら、遠巻きにするかも。実際には観賞用にしていますが。

だいたい、世界が違いすぎて仲良くできるとも思えない。庶民だと馬鹿にされそう。

でも、実際の社長はそんなことはない。それどころかびっくりするくらい、わけのわからない人だし、相当とんでもなくて楽しい人だよね。

そんな風に考えていたら、社長の表情が少しだけ曇る。

「臨時で秘書を引き受けてくれて大変だろうに、こんなことにまで巻き込んで、本当に悪い」

それは前にも言ってくれたじゃない。引き受けたからには、ちゃんとしますよ。

「これも〝お仕事〟なんですよね？　服も買ってもらいましたし。着る機会なんてそうそうないでしょうけど、承知したのは私なんですから」

するとどうしたことか、怒ったような困ったような、複雑な顔をされた。

「どうかしましたか？」

しょう？

「いや、別に。俺には、これは仕事には思えないが」
　これが仕事ってのは、明らかにおかしいよ。だけど、そう言っていたのはあなたで

しょう？

「でも、普通の男の人って、この状況を喜びませんか？　あなたは女嫌いじゃないんで

しょう？　綺麗な人からモテモテじゃありませんか」

「そうだけどなぁ」
　言いながら、社長は会場を見回した。

「俺にも好みがあるらしい」

「『あるらしい』って、なんですか。『あるらしい』って」
　呆れて呟いたら、彼は楽しそうに目元をなごませる。

「株式会社ＴＯＮＯの〝東野社長〟じゃなく、東野隼人を見てくれる相手じゃないと

嫌かな」

「あなたは社長なんだから、それは仕方がないじゃないですか」

「うん。まぁ、そうなんだが。うちの両親を見ているからなぁ」
　ん……？

「社長のご両親って、仲がよかったんですか？」

不思議そうにすると、驚いたような顔を返された。

「よかったぞ。母が俺を構おうとすると邪魔されるくらいに、父の方がべた惚れだったが」

「あ、あの。あまりお話しされていなかったみたいなので、てっきり」

「仕事ばかりで繋がった、仮面夫婦だと思っていたのか？」

えーと、はい。勝手にそんな想像をしていました。でもそうは言えない。

すると社長は私の頭をポンポンと軽く叩いてから、表情を緩める。

「ありがとうな。俺はもしかしなくても、同情されていたらしいな」

「ご、ごめんなさい」

「いやぁ。でもそういう夫婦も多いんじゃないのか。結婚の条件を言ってくる女性も中にはいたし」

「条件ですか？」

結婚の条件？　何だ、それ。

「月に一度は、しましょう。男の子が生まれたら、それきりにしましょう。週に一度は、有名なホテルのレストランで食事をしましょう。見た目には気を遣い、体型は維持してください。浮気をするならバレないように。それから……」

あり得ない言葉が淡々と発せられて、思わずガッチリとその腕を掴むと、彼は瞬きして私と腕を交互に見た。

何と言えばいいかわからないけど、無言でぶんぶんと首を横に振ると、ふわりと笑われる。

「当たり前にお断りしたぞ。心配しなくてもいい」

「そりゃそうでしょう。何なんですか、それ」

「女帝タイプの女性の常套句《じょうとうく》だよ。そもそも、健康のために体型は維持するかもしれないが、他がなぁ」

「あっさり受け入れないでください」

社長がニヤニヤしながら顔を近づけてくるから、のけ反った。

その綺麗な顔を、あまり近づけないでください。心拍数がおかしなことになるから。

「お前の結婚観は、どんなだ？　子供は何人欲しいとか、何かあるだろう？」

理想はある。でも、あまり深く考えたことがなかったかも。

「そうですね。うちが三人兄弟ですから、三人は欲しいかも。だけど、まだ相手もいませんし」

「お前は『誰とも付き合ったことがない』って言っていたな。相手が見つけられないくらいに、仕事が忙しいか？」

忙しいか忙しくないかで言えば、正直言って今は忙しい。社長の下についてから、残業が増えたよね。

でも『考えたことがなかった』から、本気で探したこともないんだな。

「まわりにはいないか？　秘書課にも優良な男が揃っているだろ」

まぁねぇ、高学歴なメンズはいるけど、話しかけたことはほとんどない。だいたい男性諸君は、ミスクイーンの春日井さんにお熱だし。

「会社には仕事をしに来ています」

ついでに社長のご尊顔を眺めて、心の中でウハウハ言っています。

「ふうん。真面目だな」

「そうでもないですよー。真面目なら、こんなことに荷担しません」

「それもそうか」

「ところで、そろそろ離れてくれませんか？」

顔が近いんだったら。

嫌そうに目を細めると、彼は小さく笑って離れていく。

「小娘でも気になるか？」

「まぁ、顔は好みなので」

　グラスを傾けかけた社長が、訝しむように私を見下ろした。

「……顔〝は〟好みなのか？」

「はい。だからといって、社長は好きではありませんが」

「それはどういうことか、聞いてもいいか？」

「聞いたところで意味はないでしょう？」

　とりあえず、〝女嫌いを装って女性を拒否〟しているなら。

「いや、意味はあるぞ。俺の好奇心が満たされる」

　好奇心って、偉そうに言うことじゃないでしょう。

「わからないですし」

「何がだ？」

「社長の性格が、もう意味不明すぎてわからないです」

　見た目からするとモテモテ。これは間違いなかった。何でもスマートにこなしそうなイメージ。

　でも仕事以外は、実はそうでもない。俺様で、強引で、なのにちゃんと女性をエスコートするのは忘れない。言葉遣いも乱雑で、ニヤリと意地悪そうに笑ったかと思うと、子供みたいにも笑う三十四歳。正直言って、意味不明すぎるんですよ。

「お互いさまだな。俺もお前は意味がわからん」

「はぁ。そうですか」

「俺から見るお前は、一本芯があるようで、曲げてもなかなか曲がらないように思えるが。柳みたいな」

柳って、何ですか。

私がムッとしたのがわかったのか、社長は咳払いして頷く。

「風になびいても気がつけば元に戻っていて、しなやかで折れないだろ？」

うーん、褒められているのかな？　どっちなんだろう。性格が臨機応変ってことだろうか。だけど臨機応変な対応っていうのは、秘書の必須スキルだと思うな。

そんな風に会場を眺めているうちにも、お祝いのスピーチは続いていて、どんどんパーティーは進んでいく。

「ところで、会長にご挨拶はいいんですか？」

「こっちは表向きの会だからな。本当の誕生日は明日。明日の夜には、もっと内輪の連中で集まる」

社長がそう言ったとき、からかうような声が聞こえてきた。

「だからって、ふたりで壁の花になっていなくてもいいでしょう」

声の主を振り向くと、どこかで見覚えのあるような男の人が立っていた。

誰だろう？　誰かに似ているような気もする。

「ああ、従兄弟《いとこ》の飯村孝介《こうすけ》だ。副社長の息子。初めて会うのか？」

社長に言われて手を打った。

副社長の息子さん！　わかるわかる、副社長に超似ている！　口髭があったらもっと似ている。といっても、そうするとただの若者がいきがっているようにしか見えないから、これはこれでいい。

うん。目の保養になる。観賞物が増えたのは嬉しいな。彼もうちの会社に勤めているのかな？

「……何だろう。珍獣を見つけたみたいな反応をされている気がする」

孝介さんの言葉に、社長が大きく納得した。

「美和は面食いだな」

彼を、私はじろりと睨む。それは違うと思うんだ。

「面食いって、相手が恋愛対象になった場合に当てはまる言葉じゃありません？」

「この顔やこの顔じゃ、恋愛対象外か？」

自分と孝介さんを交互に指差す社長に、呆れた視線を向ける。

「こんなところでする話題でもないですよね？」

グラスを傾けながら言うと、社長は鼻で笑ってから、孝介さんと話し始めた。

従兄弟同士は仲がいいんだね。うん、それはそれでいいよね～。

私も何だかんだと言いながら、よく構われるようになったなぁ。基本的に社長は気のいい人なんだと思う。

グラスを置いて、ふとまわりを見ると、麻百合さんは副社長の傍らで微笑んでいる。チーム大和撫子は、デザートのテーブルに移動しているみたい。うわっ面の華やかな世界だなって思う。まぁ、私には関係ない。

それよりお手洗いに行きたいな。社長は孝介さんと話しているから、少しくらい離れても大丈夫だよね。せっかくリラックスして会話しているのに、水を差すのも申し訳ないし。


そっと会場を抜け出して、お手洗いを済ませると、手を洗いながらふっと顔を上げて、目の前の鏡をしみじみ眺める。

本当に、どこのお嬢さんって感じだ、この格好。

だけど、武装という言葉はよくわかる。いつもみたいな『私は秘書です』的な格好なら、会場では浮いちゃっていただろうし、あの大和撫子は私を歯牙にもかけなかったかも。着飾るのは〝女の武装〟だよね。

「よし。気合い入れ直そう！」

長い間離れているわけにもいかないから、また会場に戻ろうとそっと歩き始めた。

「お待ちになって、秘書さん」

会場に入る前の人気《ひとけ》の少ない廊下で呼び止めてきたのは、金龍と鮮やかな蝶の着物姿の大和撫子と、その他数人。

あれー、これはまずいのか？　いや、でも社長の方に大和撫子が行っていないなら問題ないのかな？　ううん、ある意味で大問題だ。

「何かご用でしょうか？」

表面上はにこやかに、肘を曲げ、身体の前で軽く手を重ね合わせて立つと、大和撫子が人のよさそうな笑顔で首を傾げる。

「あなた、臨時の秘書なんですってね？」

「そう申し上げましたが」

「何が目的です？　とある方に伺いましたが、隼人さんがあなたを選んだ、というわけではないのでしょう？」

　誰に何を聞いたのか関与しないし、知りません。私は仕事が目的です。もちろん社長が私を選んだわけじゃなく、羽柴さんが私を選んで社長に押しつけたのは合っているけどね。これはもしかして、とてもお上品にいじめられているのかな？

　考えていたら、大和撫子の隣に立っていた女性が近づいてきて、私の肩を押した。

「身のほどを知りなさい。あなたは隼人さんにふさわしくないのよ。そんな風に着飾ったところで、たかが会社勤めの秘書なんでしょう？」

　おっしゃる通り、私は単なる会社勤めの秘書だし、ふさわしいとかふさわしくないとか、そんなのは私には関係ないこと。こんな風に着飾っているのも私が望んだわけではない。

　あれ？　どうしよう。考えたら考えるだけ、猫を被るのは馬鹿らしくなってきた。

　よし決めた。この喧嘩を買おうじゃないか。

　今度は身体の前で腕を組むと、挑戦的に微笑んでみせる。

「私はれっきとした秘書資格を有する秘書ですが、それが何か？　まさか働いている人間が、自分より下だとお思いですか？　あなたたちは会社員じゃないとしても、家族の誰かは働いていますよね？」

そりゃ、『働いている人間が偉いんだぞ、万歳《ばんざい》！』とまでは言わない。でも、働いているからって馬鹿にされたくはない。

そこにいる大和撫子も、自分の会社で働いているだろうが。あなたたちは働いている家族の誰かを、自分を養う馬車馬か何かだと思っているの？

「それに、〝たかが〟会社勤めの秘書とおっしゃっていましたが、そのたかが会社は隼人さんの会社だと、わかっています？」

たかが隼人さんの会社程度の、たかが秘書風情って言っているのと同じだからね？

うちの会社を馬鹿にしてんのか。会社員なめんじゃない。

「私が隼人さんの秘書をしているのは、主に仕事が目的ですが、会社の一端を担っているという自負もあります。あなたたちにとって、会社は遊びに行くところですか？」

「……そうね。会社は遊びでは運営できないわ」

大和撫子がポツリと呟く。思わぬところから思わぬ言葉が出てきた驚きに、視線が彼女に集まった。

「でも、リングは隼人さんに買っていただいたのでしょう？」

今度は視線が右手につけたリングに集まる。私も自分の指に目を落とし、眉根を寄せた。これは、その通りとしか言えない。

視線を逸らしながら、返事をどうしようか迷っていたら、彼女たちの背後から小さく吹き出すような声が聞こえ、顔を上げると社長が微笑んでいるのが見えた。

笑ってはいるけど、なぜか雰囲気が怖い。

目がマジだよ、社長！

「美和、離れるなと言っただろう？」

そう言ってツカツカと近づいてきたから、チーム大和撫子がササッとよけていく。

そこはよけないでほしかったなぁ。社長は笑顔で怒っているみたいだし。もしかして、私がこそっと離れたのを怒って……いるんだろうなぁ～。

だってさぁ、あんな中で『トイレに行ってきます』とか言えないでしょ？　そこまでついてくるつもりなら、それって何の罰ゲームよ。私は悪くないもん。

でも目の前に立たれて、無言で見下ろされていると、気持ちが負けそうになる。

困って視線をあちこちに向かわせていると、ふにふにとほっぺたをつままれた。

「あの……」

「お前は、黙って俺に守られていればいいんだよ」

低い声がどこか優しく響いて、体温が急上昇していくのがわかる。

「でも、これは私に売られた喧嘩です」

「今、お前に売られたのなら、俺に売られたも同然だろ」

社長は突然ふわりと笑うと、唐突に私の頭を抱き込んで、大和撫子を振り向いた。

「うちの美和が、失礼をしませんでしたか？」

え、ちょっと待って。社長の頭、大丈夫？『うちの美和』とか言い出したよ？

問われて、目をすがめた大和撫子が、笑みをたたえた唇のまま……社長の腕に抱えられて真っ赤になっているであろう私と、見事なまでに爽やかな営業スマイルをしている社長を見比べた。

「いいえ。こちらの方が不躾《ぶしつけ》だったのではないかと」

「そうですか。峰社長は、今に始まったことではありませんからね」

社長は晴れやかに言うと、大和撫子が笑顔のままで固まったのを見届けて、今度は私の肩を押してきた女性を見下ろす。

「僕は働く女性をたくさん知っています。僕の母も、最期まで我が社の専務でした」

「あの……」

「彼女は〝たかが〟僕の会社の秘書ですが、着飾らせたのは僕の趣味です。綺麗でしょう？」

その言葉には、一同が息を呑んだ。

「は、隼人さんの趣味……ですか？」

大和撫子が硬い笑顔で口を開くと、社長はあっさり頷いて私を指差す。

「ええ。ブツブツ言ってしかめっ面をしていましたが、服もアクセサリーも勝手に僕が選んで、つけてもらいました。美和は強制しないと受け取ってくれないのが困りますね」

う、嘘は言っていない。真実スレスレの、恐ろしく嘘に近い言葉たち。

『偽装に必要』と言われてこのワンピースを選ばれて、勝手に押しつけられたのは間違いない。問題があるのは社長の言い方だ。

確実に、誤解をされるように意図して言っているね？

目が合うと、社長は一瞬だけニヤリと笑った。もう嫌な予感しかしない。

「では、そろそろふたりきりになりたいので、失礼します」

それって、さっさと帰りたいだけでしょう！

私を抱えたまま歩き出す社長と、ついていくしかない私。

小杉さんに連絡して、迎えに来た車に乗り込むなり、彼はお腹を抱えて大爆笑した。

……頼む。この男をどうにかしてください。

行動が読めません。

　ここのところ社長が変だ。何が変って言われても、具体的にどうってわけでもないから困る。

「美和、コーヒー淹れてくれ」

　ファイルを持ちながら執務室から出てきたと思ったら、そのまま秘書室の来客用ソファに座って脚を組んだ。

　とりあえず、社長は執務室の中にいるのが普通だと思うんだな。

「ここは社内です。秘書を名前で呼ぶのはどうなんでしょう。それにブラックコーヒーばかりですと、胃の負担になりますよ」

「幸い、胃痛の種は最近かなり減ったと思うから大丈夫だ。それにお前も、人のことは言えないだろう?」

「社長ほど飲むわけじゃないですから」

　言いながら給湯室に向かうと、ふと社長がファイルから顔を上げた。

「会社の近くに新しいカフェができたようだ。ケーキがうまいらしいぞ」

「……どこからそんな情報を？」

「叔母に決まっているだろう。女性に人気が高いと聞いた」

「そうなんですか」

言いながら、私は給湯室にフェードアウトする。

何なんだろうか。会長の米寿の祝賀会から一週間。社長はやたらと執務室から出てくるようになり、やたらと仕事以外の話をするようになった。何か意図があるんだと思うけど、謎が多すぎる。

ファイルをめくっている社長の前に戻って、とりあえずコーヒーを置き、一緒にクッキーも添えた。

「ありがとう。お前は、午前中だと必ず何かつけてくるんだな」

クッキーに気がついた彼が顔を上げる。

「お昼が近いですし、適度な糖分も必要かと思いまして」

自分のデスクにもコーヒーを置いて、トレイを戻しに行く途中で、小さく笑われた。

「何ですか？」

「お前は甲斐甲斐しい、と思ってな」

「ありがとうございます」

それからしばらく書類の整理をしていたら、コーヒーを飲み終えた社長がファイルを閉じる音がして、顔を上げる。

「美和、そろそろ昼にしよう。お前は何が食べたい?」

ランチに誘われることも増えてきたなあ。彼が昼ご飯を食べ忘れるよりはいいと考えながらも、少し困る。

「最近、どうしてランチに誘うんですか?」

「一緒に食べたいからだろ。やっぱりひとりで食べるのは味気ないから」

「そんなものですか」

「うん。美和、お前はわかってなさすぎるぞ」

あなたがわからなさすぎるんですよ。

嘆息して、パソコンでグルメサイトを検索し始める。

「……では、昨日はお蕎麦《そば》でしたから、今日はご飯物にしましょうか?」

「わかった。場所は任せる」

ファイルを持って執務室に向かった社長を見送り、首を傾げながら再び給湯室へ入って、ふたつのコーヒーカップを洗った。

あああああ！　息抜きがしたい。

朝、社長の出社を出迎えてから四六時中一緒にいる上に、帰りもきっちりマンションまで送られる生活。ずっと上司とともにいるって、窮屈すぎる！

そう思って休憩時間にメールで詩織を飲みに誘い、帰りに『送る』と言ってくれた社長には、『先約があるので』と断りを入れてムッとされた。それでも構うもんか。

会社の最寄り駅の高架下にある屋台の店に向かうと、詩織はワクワクしながら席に着く。

ビールを頼んで乾杯した途端、彼女はニッコリと、とんでもないことを言い始めた。

「何だか、愛されてるよね～」

「はあ？」

「毎朝ニッコニコしながら言い争ってたかと思えば、昼食も一緒で、帰りも送ってもらってるんでしょ？」

毎朝の言い争いは絶えない。今朝だって、社長がミーティングについてぶつくさ言うからだ。結局は行くくせに、朝から文句が言いたいだけって感じもする。

言い出したのは社長でしょうが。『社外の視察などはほとんど副社長に任せっきりだから、社内のミーティングには参加しようかな』って。

予定をやりくりして伝えたら、文句を言われるこっちの身にもなってよ！

「どちらかっていうと、遠慮なく噛みついてるよ」

「あんたはね」

私は？　どういう意味？

「あんた、あまり社長の顔見てないからねー。めっちゃくちゃ楽しそうにしてるよ、社長は」

「だって……」

近くで社長の顔をうっかり見て、私が萌え死んでしまったらどうするつもりだ。

「とにかく、そんなんじゃないって」

でも、楽しんでいるの？　それなら余計に、社長の顔をまともに見ちゃいけない。絶対に悶え苦しむ。社長の楽しそうな顔は、私の心臓にとって要注意だから。

「社長がもう少し、グレードの低い美男子ならよかったのに」

「『いい男、好き〜』のくせに、どうしてひねくれちゃうの？　近寄れてラッキーとは思わない？」

「馬鹿だね。手に入る果実なら嬉しいけど、ピカピカの高級品なんて手に入るはずないんだから、近くにいるだけ毒にしかならないでしょ」

詩織がぷくっと頬を膨らませて、持っていたジョッキをテーブルに置いた。

「わかんないじゃん！　男なんて、付き合うのは派手で美人な方がよくても、結婚になると地味な可愛い子を選ぶじゃない！」

「そりゃそうだよ。恋愛と結婚は別物でしょ？　恋愛は甘いケーキがよくって、結婚はシンプルに飽きのこない白米。食パンでもいいな」

「……どうして美和は食べ物に例えるの」

「お腹空いてるの！」

連日ランチに付き合わされるものの、まさか社長を連れて近場の定食屋や社食に行くわけにはいかない。高級な店に、お上品な食事。緊張しながら食べる料理は、全く食べた気がしない。私は今、とんでもなく安くてボリュームたっぷりな食事を欲している！

ガブガブ食べて飲んでいたら、そんな私を詩織は呆れて眺めた。

「普通さぁ、自分好みの男がいたら、『自分のものにしたい』とか思わないわけ？」

「詩織は男前の肉食系だからね。私は態度に似合わない草食系女子なの」

「自分で言ってんじゃないっての」

デコピンを食らって、笑いながらビールをあおる。

そりゃ、恋人にしたいなら、見てるだけでいいなんて思わないよ。でも、高スペックの人に振り向いてもらうには、女子力は必要不可欠。その女子力を私は持っていない。

そんなことはよくわかっているので、最初から無駄な努力はしない方向で生きていこうと思うんだ。

「春日井さんが騒いでたよ。その服もアクセも、社長に貢がれてるんでしょ？」

いや、激しく違う。これはカモフラージュのためで、そういったプレゼント的な意味での実用性はあまりない。

だけど、終わるまでは言えない。もしかしたら、終わっても言えないかもしれない。

「私の話はもういいよ。詩織はどうなの？　大学時代の先輩と付き合ってるんだよね？」

「別れた」

あっさり紡がれた衝撃的な言葉に、詩織を凝視した。

「いったい何があったの？　同棲《どうせい》してたよね？」

「プロポーズされたから」

何かおかしな言葉を聞いた気がする。プロポーズされたら別れるって、変じゃない？

奇妙な顔をする私に対し、詩織は当たり前のような表情をしている。

「私、結婚するつもりはないの。元彼、結構遊んでる人だったたし、まだ二十八歳だから、結婚は考えないと思ってたんだよねぇ」

「いや、それって、詩織に本気だったってことじゃないの？」

「別に本気じゃなくて、浮気相手だっていいのよ。たまに構ってくれれば」

私、壮絶な恋愛観を聞いてしまったんじゃ？

「幸せそうだったのに」

「幸せだったよー？　あいつがプロポーズしてこなければ」

詩織と付き合っていた先輩に、同情するかも。

「……不倫はやめておきなよ？」

「あ、それは私も嫌だし、気をつけてる。とにかく今はホテル暮らしだから、さっさと部屋決めないとなーって感じ」

そういう問題じゃない気がする。

まぁ、いいか。私も人様からするとおかしな恋愛観を持っているんだろうし、他人が口を挟むことじゃない。人それぞれってことだよね。

「よし。飲もうか、詩織」

「うんうん、飲もう。明日休みなんだし、たくさん飲んじゃおう！」

飲みかけのビールでまた乾杯をして、ジョッキを空けると同時に、おかわりを注文した。


その後はお互いに身近な話題で盛り上がり、場所を変えつつ、二軒三軒とはしごして、明け方の四時を回る頃、通りに出てから腕時計を見るなり、へらっと笑った。

空も暗闇から藍色へと明るい色合いになってきているし、カラスも鳴き始めている。

「うわぁ、すっごい久しぶり。こんな時間まで飲むのぉ」

「あ〜、美和が行く飲み会は会社のばっかりだからねぇ。いつも一次会で帰っちゃうしね」

「まぁ〜、あんまり飲めないし」

フラッと足がもつれそうになって、慌てて姿勢を立て直す。ちょっと足元が危ないかもしれない。ビールとチューハイとカクテルで、いろいろごちゃ混ぜ状態だ。

「ところでさぁ、美和。後ろにいるのって」

「ひゃ？」

変な返事をして、詩織の指差す方へ振り向くと、目の前にはネクタイ。

うん。このネクタイの結び方と色には、とっても見覚えがある。

そろっと視線を上げると、冷たい視線の社長とバッチリ目が合ってしまった。

「しゃ、社長。こんなところで、どうしたんですかぁ？」

「お前こそ、どうしたんだ」

「どうしたも何も、詩織と飲んでいたんです」

愛想笑いを浮かべながら、するりと目を移すと、飯村孝介さんが苦笑している。

「ああ、飯村さぁん。こんばんは～」

「はい。こんばんは」

「もしかして、社長たちも飲んでいたんですかぁ？」

社長はへらへら笑っている私を見下ろし、それから詩織を見て、諦めたように溜め息をついた。

「君たちほどは飲んでいないな。全く、何をやっているんだ」

「飲んでいただけです。じゃあ、社長。お疲れさまでぇす」

退散退散。社長の冷たい目は怒っている証拠だ。何で怒っているか知らないけど、逃げるが勝ちっていうのは有名な言葉だ。

そう思ったのに腕を掴まれ、引き戻されて、ボスンと受け止められた。

「逃げんじゃねえ、小娘」

「いや、逃げますよ。そんなおっかない顔した人を見たら……っていうか、今ので、目が」

回って、くらくらするよー？

「お前はどれだけ飲んだんだよ」

呆れた声に、詩織が指折り数える。

「ビールが中ジョッキで二杯と、巨峰サワーとカルピスサワーと、バーで調子に乗ってカクテル二杯ですか」

「詩織！　そんな報告いらない！」

社長の腕の中で暴れたら、押さえ込まれる。

「嫌ぁあ。熱い、苦しい～」

「うるせぇ！　この酔っぱらいが！」

「酔って何が悪いんですか！　私が酔っぱらおうが騒いでいようが、社長にはご迷惑かけてません」

「うん？　すでに人の腕の中で騒いでいる分、迷惑を被っているんだが」

そもそも、人を押さえ込んでいるのが悪いと思うんですが。それは言っても無意味なのかな?

静かに睨み合っていると、詩織の爆笑が始まった。

「仲がいいんだねぇ。何だかお邪魔みたいだから、私は帰ります」

「お邪魔って、ちょっと待って。置いてかないで。一緒に帰ろう」

私が手を伸ばして詩織を掴まえると、社長も頷いた。

「そうだぞ、成田さん。こんな時間に女ふたりで歩いているのはどうかと思うが、ひとり歩きはもっといけない。今、車を待っているところだから、送っていこう」

「え、こんな時間に小杉さんを呼びつけたんですか? 社長、鬼畜……」

思わず呟いたら、ふにふにとほっぺたをつままれる。

「小杉から、いい加減にしろって連絡が来たんだよ」

おぅ……可愛がられているんだね。

「それで、気分はどうだ?」

「ちょっと目眩がしただけで、気分は平気ですよ」

「それならいいが」

社長はそう言って、崩れていた私の体勢を当然のように立て直す。一応、私は女性だってわかっているんだろうか。

「女の身体に、簡単に触らないでくださ〜い」

「……そこまで踏み込んで触れているわけじゃない」

踏み込んで触れるって、どういうこと？

ポカンとする私と、あくまで真面目な表情の社長。

「美和に言っても無駄ですよ」

ポツリと呟いた詩織の言葉に、孝介さんが吹き出した。

うん。何となく失礼なことを言われたのかな。

考え込む私の手を取り、社長は何も言わずに歩き始めたから、ついていく。必然的に私に捕まえられている詩織もついてきたし、孝介さんもついてきた。

「……ったく、お前は酒に弱いんだな。少し気をつけた方がいい」

「それは大丈夫ですよ〜。こんなに飲むのも久しぶりですし、飲みに行くなんて、会社の集まり以外じゃ詩織としか行かないし」

「女がふたりで酔っぱらっていたら、男から見るとカモにしかなんねぇよ」

「それも大丈夫ですよね〜。私は〝地味クイーン〟らしいですからぁ」

しかも、酔っぱらい女子なんか面倒だろうって話だよ。そんなのわざわざ『お世話したいです』なんて男子はいない。

そう思っていたら社長は立ち止まり、じっと私を見下ろした。そして不思議そうに首を傾げる。

「そんなに可愛いのに？」

あなたは、いきなり何を言い始めやがるんだ！

酔いは一気に醒《さ》めるし、詩織は見てはいけないものを見たように目を逸らしているし、孝介さんはお腹を抱えているし。口を開こうとした途端、詩織が叫び出した。

「やっぱり私はひとりで帰ります！　お邪魔しました！」

バリッと私の手を引き離し、全速力で去っていく詩織。

「西澤さん、彼女は僕が送っていくから安心して」

そう言って、詩織を追っていく孝介さん。

ちょっと待って、ふたりとも！

走り去るふたりを見送り、呆然とする私と、何の感情も読み取れない社長。これは何の罰ゲーム？

ランチを豪勢に奢ってもらいながらも、それにブツブツ文句を言った私に、バチが当たったのかな？

「小娘、いい友達を持ってんなー」

どこか朗らかに笑っている社長を一瞬だけ見上げ、視線をネクタイに落とす。笑顔の社長は目に毒だ。

「何の話ですか?」

「うん。ずっと、わかっていてすっとぼけているんだと思っていたが、本当にお前は男に免疫ないんだな」

は? 男に免疫、って……。

「うちには弟がふたりもいますが」

「ああ、そう。弟さんは年が近いんだったな」

意味がわかんない。そう思っていたら、困ったような笑顔の社長に覗き込まれる。

「あのな、お前……」

「はい?」

「血の繋がった弟と〝男〟は違うと、認識した方がいい」

弟と男の違い? 弟は間違いなく男でしょう?

沈黙の中で、社長は今度は爽やかに微笑んだ。

この貼りつけたような爽やかな笑みは、要注意な気がする。社長が本心を取り繕っているときのものだと思うから。

「社長？」

「朝飯を一緒に食べよう。そろそろ小杉が迎えに来るし」

どんな関連があるのか教えていただきたい。小杉さんが迎えに来る、だから一緒に朝ご飯を食べましょう。そう思う人の心理は全然わからない。

「社長はたまに、通訳が必要だと思うことがあります」

「それはいらない。とりあえず……」

社長が通りを眺めると、黒光りする車が静かに停まり、小杉さんが運転席から出てきた。彼は私を見てから社長を見て、最後に繋がったままの手に視線を落とし、顔をしかめる。

「飯村さんのところの坊っちゃんと飲んでいたんじゃなく、デートならデートと言ってください。それなら私も野暮なことはしなかったのに」

勘違いです、小杉さん。私からお酒のにおいがプンプンするかもしれませんが、社長と飲んでいたわけではありません！

「いや、ナイスタイミングだったと思うぞ」

社長はそうでも、私にはバッドタイミングだったと思う。

「それで小杉、これから朝飯を食べに行きたいんだが」

「今からですか？　もう少ししたら夜が明けますが、店はどこもまだ開いてませんでしょう？」

小杉さんが空を見上げると、つられるように社長も見上げてから軽く手を振った。

「久しぶりに、勝子さんの味噌汁《みそしる》と卵焼きが食べたい」

「ああ。それでしたら今、作ってますよ。あいつも喜びます」

ん……？　何だろ。何かおかしなことを聞いたような？

確か勝子さんて、社長の家のお手伝いさんだった人だよね。

「西澤さんを連れていきたいんですよね？　とにかく、うちに連絡します」

そう言って小杉さんは、スマホを取り出してどこかに連絡を始めたから慌てた。

「ちょっと待ってください、私は……」

「いいから」

言いかけたら、繋いだ手を強く引かれて、よろけた身体はまた社長の腕の中に受け止められる。

「お前は軽いなぁ」

「あ、ありがとうございます」

「褒めたわけじゃないんだが、今度は目が回らなかったみたいだな？」

「酔いも醒めてきているみたいなので、そうそう回らないかと」

「ふうん？」

ふうん？

不思議に思った瞬間に手を放されて、いきなり縦抱きに持ち上げられた。

「え、ちょ……っ！　社長!?」

「小杉、ドアを開けてくれ」

「坊っちゃん、それ、犯罪な気がします」

「大丈夫だ。確保してから説得すればいい」

そういう問題じゃない！

暴れる暇もなく、社長の車の後部座席に押し込められた。

「社長、私自身もこれ、ちょっぴり犯罪な気がしますよ？」

「ああ。間違いなく小杉も困っていることだろう。だが、美和が朝飯を了承してくれたら、何ら問題ない」

「何気にこだわりますね。どうして朝ご飯なんですか？」

社長はじっと私の迷惑そうな顔を見て、それからふいっと視線を窓の外に向ける。

「朝になってしまったからな」

答えになっていない！

思わず噛みつこうとして、運転席に乗り込んできた小杉さんがカラカラと軽快に笑い声をあげたから、口を閉じた。

「西澤さんと一緒に、ご飯が食べたいんでしょう。女性に誘われるのは慣れているみたいですが、誘う方は慣れていないみたいなので、少し大目に見てやってください」

……そんなことを言われてもなぁ。

「実は私、結構食べて飲んじゃっているので、あまりお腹に入らないと思うんです」

乱れたスカートを直しながらきちんと座ると、社長の視線がゆっくりと戻ってくる。

「そうなのか？」

「酔いはだいぶ醒めてきていますし、粗相《そそう》をするとは思いませんが、こんな夜遅くに、知らない方のお宅におじゃまするわけにも行きませんよ」

「じゃあ、小杉の家じゃなく、俺の家に連れていくか？」

何を言っているんですか、さっきからあなたは！

「どうして社長の家に行く話になるんですか。そもそも、上がったことのない家は知らない家と同じですからね！　だいたい、勝子さんの朝食を召し上がりたいんでしょうが、わざわざあなたの家に持ってこいとでも言うつもりですか？」

眉を吊り上げて叱《しか》りつけてしまって、ハッとする。でもこれは不可抗力だ。

「ああ、うちは気にしなくてもいいですよ。坊っちゃんの家とは隣なので」

小杉さんが割り込んできて、私はキョトンとした。

「……小杉さんの家は、社長の家のお隣なんですか？」

「元々、東野家の土地なんですが、私も妻も東野家で働いているわけですから、わざわざ通勤するのは面倒だろうと、先代の社長が家を建ててしまいまして」

とんでもない話だな、それ。

「ええと。小杉さんの奥様は、勝子さん？」

「そうです。元は嫁が先に東野家に勤めていたんですよ。だから気にしなくても大丈夫です。うちは子供に恵まれませんでしたから、社長が息子みたいなものですし」

気楽に笑う小杉さんに、社長がどこかふて腐れたように小さく溜め息をついたのが見えた。

彼にしてみたら、小杉さんがお父さん代わりで、勝子さんがお母さん代わりなのかな？ ふふっと小さく笑うと、それに気がついたのか、社長は私を覗き込む。

「何がおかしい」

「いいえ。別に何も」

そう言ってから、私は小杉さんに目を向ける。

「いいんでしょうか。こんな夜中、というか朝方におじゃましても」

「いいんですよ。うちはそもそも朝が早いんです。トイレに立ってみたら、坊っちゃんの家の明かりがついていなかったから、つい横槍《よこやり》を入れてしまったのはこちらですし」

「へ……?」

「昨日の晩は、飯村の坊っちゃんと飲みに行く、と不機嫌そうにおっしゃっていましたから、釘《くぎ》を刺さないと昼まで飲んでいますからねぇ」

昼まで飲むとか怖いけど、それよりもさ。

「明かりがついてないだけで、社長が不在だってわかったんですか?」

「小杉、朝飯の了承は出たみたいだから、早く車を出せ」

超重低音の社長の声が聞こえてきて、バックミラー越しに小杉さんを睨んでいる。先に折れたのは小杉さんの方で、彼は笑いながら肩を竦めた。

今のは何の攻防?

黙っていたら、ふと視線が絡まる。すると社長はイタズラっ子みたいに笑って、そのまま顔を近づけてきた。

「少しは慣れたか?」

「は？」

「俺の顔が好みだと言っていたわりには、視線をいつも逸らしているから不思議だった。横顔なら遠慮なく見てくるんだな、美和は」

それってどういう意味か考えて、気がついた答えに頭を抱えた。

「まさか、最近わざわざ執務室から出てきて仕事をしていたのって……」

「さすがに、あんな間近でワクワク凝視されていたら、気づくだろ。でも、真っ正面からは見てこないから謎だ」

「ワクワク……」

「ああいう視線は悪くない。どうせなら慣れて、正々堂々と見てほしいだろう」

ワクワク凝視って、どんな視線だよ！　他に誰もいないわけだから、ウハウハ見ていたかもしれないいんだけど！　気づいていたなら言ってほしかったよ、恥ずかしい！

両手で顔を隠して俯くと、ぶんぶんと首を左右に振ってから、膝の上に突っ伏す。

「考えてみれば、本当にお前が顔を直視してくることは少ないよな？」

そりゃそうだ。直視したら身悶えしちゃう。

だいたい、こんないい男がいつも間近にいたら、心が安らぐことはないと思う。癒《いや》しが癒しにならないことは、たくさんあるんです！

「見ているだけで充分です」

「なら、正面から見ろよ」

「それはできません」

もごもご呟いたら、背中にズシッと重みが加わった。

「だから、その意味を教えろ」

「重い重い！　人の上にのしかからないでください！」

「お前が突っ伏しているからだろ？」

「起き上がりますから、よけてください！」

ふっと重みがなくなったから、勢いよく起き上がると、思っていたより近くに社長の顔があった。

……あ、ヤバい。めっちゃいい笑顔だ。

目を見開いて固まった私を眺めながら、社長が乱れた髪をそっと整えてくれる。

「ああ、そうか。お前は、実は照れ屋なんだな？」

そんな分析しなくていい！　しなくていいから視線を外してほしい。

でも、見ていたい。見ていたいと感じるのに、怖い。

……怖い？

「坊っちゃん、女性をからかっていると、後で痛い目に遭いますよ」

ナイスフォロー、小杉さん！　そうです、女性をからかってはいけないんですよ！

社長の視線が彼に向き、それから離れていった。

「女性の心理は、昔からわからないな」

「坊っちゃんは女運が悪かったですしねぇ」

仲のいいやり取りを見ながら、私は止めていた息を復活させる。

社長は、からかうのを楽しんでいるんだろうな。

溜め息をついて窓の外を眺めると、藍色の空がどんどん明るくなっていく。

今日も暑くなるだろうなぁ。そういったことを思って、静かになった車内と心地いいエンジン音に揺られ始める。そして……。


「美和、起きろ。着いたぞ」

……どこに着いたの？

「小杉の家だ。お前、あまり安心するな。そんな可愛い顔してると襲うぞ」

『可愛い』とは言われたことがないなぁ。『しっかりしている』とか、『お姉ちゃんらしい』とは言われたことはある。

「……おかげで大学に行くまで、弟たちの世話係は私の仕事だったし」

「ふうん？　大学でも遊ばなかったのか？」

「ガリ勉って呼ばれていたから、そんな女を誘う人は……」

言いかけて、パッと目を開いた。

その瞬間に視界に入ったのは、どこか気だるげに私を見下ろしている綺麗な顔。

「天国……？」

「お前ね、いくら何でもそれはないだろう」

途端に不機嫌そうになった社長に、あんぐりと口を開けた。いつの間にか横になった体勢。そして頭上に、社長の端正なお顔。

「ぎゃあああ！　す、すみません、すみません！」

あろうことか、社長に膝枕されているし！

慌てて起き上がると、呆れた視線を返される。

「気にするな。グラグラしていたのを横にしたのは、俺だ」

「いえ、社長を目の前にして寝てしまうなんて、すみません」

「今は業務時間じゃない。だが、男の前で無防備でいるのは勧められない。酒を飲むなとは言わないが、少し考えた方がいいぞ」

「は……はい」

乱れた髪を直しながら、顔を真っ赤にする。

今、どこかに穴があったら、私は喜んで飛び込めそうだよ！

とりあえず、先に降りた社長に手を引かれて降り立つと、いつの間にか昇っていた朝陽の眩《まぶ》しさに、立ち眩みしそうになった。

それはともかく、ここはどこだ？　とても閑静な住宅街に見える。お洒落に毛をカットされた小型犬を連れ、穏やかにゆっくりと散歩を楽しんでいる人や、フットワーク軽くジョギングしている人もいたりする。

そして振り返ると、平屋ながら落ち着いた佇《たたず》まいの家がある。

「小杉の家だ。俺の家はあっち」

社長が指差す方向を見て、目を見開いた。

低い垣根の向こうに広がる、青い芝生。白い壁に赤い屋根の二階建て。出窓にバルコニーに、テラスまである。とても可愛らしい洋館だ。

「母の趣味だ。爺さんの家がその奥にある」

森みたいな木立の向こうにかろうじて見える石垣が、会長の家ということか。

うーわ……もう、呆れちゃうくらいに世界が違う。

「ガーデンパーティーでもできそうですね」

「小杉の家が建つ前は、やっていたな」

やっていたんだ！　ケータリングを頼んで、専門業者にプロデュースしてもらったりしていたんだろうか？　『あはは』『オホホ』とか、上品に皆様で振る舞っていたのかもしれない。

「でも、そんな時代でもないだろ。会場を借りた方が手っ取り早い」

それは準備に奔走させられる側からすると、間違いないと思う。ここでホームパーティーをするなら、まずはイベント会社も絡まないと話が進まないだろう。

「で、お前はいつまでここに突っ立っているつもりだ？　中に入るぞ」

「はい。すみません」

手を引かれて歩くと、小杉さんが苦笑しながら戸を開けてくれた。

「おじゃまします」

「まぁ、見た目より雑多な家ですが、どうぞ」

玄関に入ると、靴箱らしき棚の上に、木彫りの熊が鮭《さけ》をくわえていた。それを思わずまじまじと見ていたら、奥からパタパタと誰かが出てくる気配がして、近づいてきたのは、姿勢の正しい凛とした雰囲気の女性だった。

「いらっしゃいませ。むさ苦しいところですが、よくお越しくださいました」

その人は上がり口にサッとしゃがみ込むと、これまたササッとふたり分のスリッパを並べてくれて、パッチリと目が合う。

うわぁ、どうしよう。めっちゃガン見されているから緊張する!!

どうすればいいのか、頭でぐるぐるといろんなことを考えていたら、隣の社長が吹き出すように笑い出した。

「勝子さん、普通にしてやってくれないか？　美和は起きたばかりなんだ。かなり飲んでいたようだし」

「そうなんですか？　ダメじゃない、女の深酒の理由はだいたい男よ」

ああ、それは間違いないなぁ。ストレス発散的な要素はある。主に社長のせいで。

なのに何を思ったのか、当の本人は眉間にしわを寄せて私を睨んだ。

「そうなのか？」

聞かれて答えられるわけがない。馬鹿じゃないのか。

「女性を追いつめるもんじゃないですよ。でも、ちょうどよかったわぁ。しじみの味噌汁なんですよ。とにかく上がって上がって。お酒が過ぎたときには、しじみの味噌汁が一番です」

ニッコリ笑って、ポンポンとスリッパを叩く勝子さんに、社長が苦笑して肩を竦める。そうしてふたりで小杉さんのお宅におじゃまして、鼻歌でも歌い出しそうな勝子さんに案内され、居間に通された。

畳の部屋に用意されていたのは、人数分の純和風朝ご飯。香ばしく焼けた焼き魚と、しじみの味噌汁。ふっくら巻かれた卵焼きに白菜の漬け物。ピカピカご飯は白米が立っている。

「朝ご飯……！　お味噌汁！」

目をキラキラさせていたら、社長が不思議そうな顔で私を振り返り、ギョッとして身を反らした。

「何でお前は涙目なんだよ」

「だって、和食は久しぶりなんですもん。家に帰ってひとりじゃ、ちゃんとしたものはなかなか作れないし」

「……お前と一緒に、昼はよく和食を食べたよな？」

「お座敷で食べるお蕎麦や、日本庭園の見えるホテルの創作懐石とか、回らないお寿司は日常じゃないんですよ！」

くわっと目を見開いて詰め寄ると、社長は両手を上げて、笑っている小杉さんと勝子さんに視線で助けを求める。

「女を誘うなら、それなりの店じゃないとダメじゃないのか？」

「どこの女と同一視してるんですか。ランチタイムは休憩時間なんですよ！　それなのに緊張を強いられた私の身にもなってください！」

「お前が緊張するのか？」

……うん、ぶっ叩いていいかな。

でもそれは、さすがに大人としても、女子としても、会社員としてもダメだよね。困ったことに、さらっと普通の顔をして毒を吐くからなぁ、社長って。

「まあまあ。おふたりとも、仲がいいのはわかりましたから、早く座って冷めないうちに召し上がってください」

微笑む勝子さんに、何となく毒気を抜かれて座る。

「いただきます～」

両手を合わせて頭を下げると、社長も隣にドカッと座って顔をしかめた。

「お前の切り替えの早さには、ついていけないときがあるが、何となくお前が、俺が連れ回す昼飯に文句があったのはわかった」

「文句はないですよ。一緒に行けば食費が浮きますし、社長も昼休憩を取ってくれますし」

「いや、だから俺の場合は、空腹の方が仕事が捗る――」

「身体が資本ですからね。ちゃんと食べて、ちゃんと寝るべきです」

社長と同時に味噌汁を飲み、同時に、ほぅ……と息を吐く。

「美味しいですねぇ」

「だろう?　卵焼きもうまいぞ」

「いただきまーす」

気がつけば、小杉さん夫妻は、どこか呆れたような笑みを浮かべて私たちを見守っていた。

問題があったようです。

臨時秘書になってから、約二ヵ月が経った。最近、何となく穏便に時間が過ぎるのは、どうしようもないとき以外を除いて、社長が滅多に人前には出ないからかも。

それでも今日は珍しく、朝から銀行の人が挨拶回りに来たり、大手取引先とランチミーティングだったり、思いついたように会議に飛び入り参加したりと、人前に晒された社長。今は秘書室の来客用ソファに深く座りながらダレていた。

「絶対、俺に足りないのはコミュニケーション能力だよな」

「無理なくこなしていましたよね？　違うんですか？」

「これを苦もなくできるようにならないと、ダメだろう」

「大丈夫ですよ。社長の営業スマイルを見破れる人は、あまりいませんから」

ファイルをしまいながら彼を振り返ると、疲れたような視線が返ってきた。

「美和、コーヒー」

「あの、会社で名前呼びはどうなんでしょうか」

「コーヒーだ、小娘」

呼び方を変えればいいわけじゃない。でも、完成度はどうあれ、社長が表情を作るのが苦手なのは、何となくわかってきた。

たまにニヤリとイタズラを思いついたように笑ったり、子供っぽく拗ねたようになったり、不思議そうにしたり。そういうのもたまにしかないし、後はどちらかといったら〝無〟だよね。何事にも動じなさそうな無の表情。

百戦錬磨の営業マン、とまではいかなくても、普通の三十代は、もう少し表情があると思う。

コーヒーを淹れて社長の前に置くと、彼は不機嫌そうな顔をしていた。この表情はわりとよくしている。

「どうかしましたか？」

「今日の晩飯を考えていた」

晩ご飯ねぇ。もう少しで終業時間だけど、まだ業務中ですよー。でも、もう決裁書や書類や会議もないし、暇なんだろうな。

「美和は何が食べたい？」

「どうして私に聞くんですか。何が食べたいかおっしゃってくだされば、お店をお探ししますよ」

社長はいつも外食だ。気がつけば二ヵ月の間に、いろんな高級店を調べているかも。まぁ、野村さんの復帰予定まで残り一ヵ月だから、それまでってことだよね。私はキャリアとして上を目指しているわけでもなく、毎日の生活と、のんびりしたプライベートが守れればいい。そのくらいにしか考えていないから、元に戻れることが純粋に嬉しい。

デスクに戻ると、引き出しから雑誌を数冊取り出し、パラパラとめくった。

「昨日は中華を召し上がっていたので、今日は和食と洋食、どちらがいいですか？」

「お前は何が食べたいんだ」

思えば、夕飯に連れ出されることも増えてきたなぁ。あ、そうか。

「これはもしかして、お誘いですか？」

「それ以外に聞く理由がないだろう」

「あのですね、ストレートに聞いたらどうなんですか。何も言わないのに、意思表示したつもりにならないでください。『一緒に食事に行こう』が妥当ですよ！」

「じゃあ、一緒に飯を食べに行こう」

『じゃあ』って……。まあ、いいか。

「でしたら庶民的なお店にしましょうか。いつも思っていましたが、社長は散財が多いです」

「あのな、〝社長の奢り〟で、質素なところには連れていけないだろ」

「そんなステイタスで判断しないでください」

「そこは、男には見栄もあるし」

憮然とした社長に、ニッコリと愛想笑いを返す。

男の人のプライドは、全くないよりあった方がいいんだろうけどね。

「私を相手に見栄はいりません。だいたい、外食でカロリーの高いものばかり食べていたら太りますよ」

社長は眉を上げ、それから自分のお腹を無言で見つめた。

うん、ごめん。気にしたらしい。

「本気にしないでください。いじめたみたいじゃないですか」

「一応、帰ったら運動している。しかも、店を選んでいるのはお前だろう」

「そうなんですが、今日は何がいいかなぁ。どうせなら、社長が行かないようなところをチョイスしたいです」

社長が黙ってコーヒーを飲みながら、何となく目を輝かせたような気がして、思わず笑った。

「居酒屋は……行ったことがありますか？」

「それはあるぞ。羽柴が飲みに誘うのは、チェーン店の居酒屋だ。元々俺は、彼の部下だったからな」

偉そうな元部下がいたものだ。ふてぶてしい部下時代の社長が想像できる。

パタンとファイルを閉じた音がして、パソコンの画面を確認すると、終業時間は過ぎていた。

「では、いろいろ食べに行きましょうか」

パソコンの電源を落として立ち上がると、社長がカップを置いたから、近づいてそれを手に取る。

「チェーン店の居酒屋は行っているなら、下町の小さな居酒屋はどうです？」

「下町か。通ることはよくあるが、有名な店しか行ったことはないかな」

「なら、初体験ですねぇ」

カップを持って給湯室に向かうと、なぜか彼もついてきた。

「なぁ、美和」

「何ですか？」

腕まくりしてカップを洗っていると、すぐ後ろに社長の気配がする。

「……社長？」

首だけ振り返ると、僅差数センチという間近に彼の身体があって、固まった。

「小さいなぁ、お前は」

社長が話すたびに、吐息が肌を掠《かす》めていく。

私が顔を上げたら、その目は私を見下ろしているんだろうな。

「しゃ……社長？」

コーヒーの香りに気がついて、声が裏返った。

近い、近すぎる！

「お前は男に興味ないのか？」

……というか、こんな熱まで感じられそうな距離で言われても。こんな体勢じゃ、まともに考えられないと思う。

勇気を出して動くんだ、私！　幸い、ちょっとしか振り返っていないんだし！

そうは思っても、背後に人がいるのに完全に背中を向けるって、あまりに無防備なんじゃないかな？

「顔は見えなくても、お前……耳まで真っ赤だぞ？」

わざわざ耳元で囁かなくてもいいんだってば！

「ワ、ワタシヲ、カラカッテ、タノシイデスカ」

小さく笑い声が聞こえたなぁと思ったら、ほつれていた髪を指に巻きつける彼の指先が見えた。

「うん。楽しくなってきた。顔は好みらしいが、恋愛対象外とハッキリ言ってくれたわりに、こんな反応を返してくるのは面白い」

面白がらないでくださいませ。

「だいたいの人は、パーソナルスペースにいきなり入ってこられたら、同じ反応をすると思いますが」

「そうか？　俺は別に気にならないが」

少しは気にした方がいいと思う。

「社長が変だからです」

「お前には言われたくない」

「でも、隼兄《はやにい》。それ以上はセクハラになると思うよ？」

急に聞こえてきた、からかうような声に、社長はゆっくりと私から離れて振り返る。

そこには、孝介さんがいた。

「隼兄、社長なんだから、パワハラの前科もつくね」

「さすがにそこまではいってないだろう？」

「相手がどう思うかによるんだよ。相手が嫌だと思ったら、肩を叩くだけでもセクハラだし」

のんびりとした笑みを浮かべる孝介さん。社長は探るように私を覗き込んだ。

「嫌だとは思われていないみたいだが」

どうせ、ニヤけてます！　だから、顔は好みなんだって言っているでしょう！

手早くカップの泡を落とし、水切り籠に伏せて置くと、ハンカチで手を拭きながらくるりと振り返る。

「ご飯を一緒にできそうな方がいらしたみたいなので、私は帰らせていただいてもいいですよね？」

「一応、聞いている風を装って断言しているだろ。だが、それはないだろう？　何が悲しくて、従兄弟の面を見ながら飯を食うんだ」

「私の顔を見ていても、ワクワクしないでしょう」

私は社長の顔に、ワクワクとかドキドキしちゃう。でも、それはそれだ。

なのに社長は首を傾げ、無言で私を眺めると口角を上げる。

「いや、案外楽しいな。お前は、仕事中じゃなければコロコロ表情が変わるから、見

彼女に言うべきです!」

「『飽きない』は、ひとこと余計です! それに、そんな甘い台詞《せりふ》は、自分の本当の彼女に言うべきです!」

断言すると、懐疑的な表情を返された。

「これが甘い台詞か?」

「君の顔を見ていたら楽しい、なんて、どこの気障《きざ》男ですか」

「そんなつもりはないんだが。そうか、気をつける」

あなたはいったい、何をどう、気をつけるつもりなんだ……。

思わずあんぐりとしたら、孝介さんがいきなりしゃがみ込んで爆笑し始めて、彼の存在を思い出した。

「オヤジから聞いていたが、ふたりとも仲がいいねぇ。でも、それはあまり人前でやると、うちの会社がますます『大丈夫か?』って心配されるから、やめておけよ?」

社長はムッとして孝介さんを振り返り、彼は涙を拭きながら立ち上がる。

「とりあえず、これ。頼まれていた調査結果。品質に問題はないけど、他に問題を見つけたよ」

軽く言われつつ、青くて分厚いファイルを差し出され、社長は眉間にしわを寄せる。

「他に問題？」

「……といっても今日は金曜日だから、役員会は月曜日を待つことだね。オヤジには直接話しておく」

何だろう？　何の調査結果？

気になってファイルを見つめると、孝介さんはクスクス笑いながら私に向き直った。

「それと、西澤さん。社長と晩ご飯はパスするよ。社長と違って、俺は金曜日の夜って忙しいんだ。まだ若いから」

まだ若いから……？

「では、お先に失礼します」

最後だけきっちりと礼儀正しく挨拶をして、孝介さんは去っていった。

何なんだろう。若さはともかく、社長にファイルってことは仕事絡み？

「孝介さんの所属部署って、どこなんですか？」

調べてみてもすぐにわからなかったから、実は放置していた。

「内部監査室」

真剣にファイルをめくり始めた社長は、ボソリと呟く。

内部監査室か。調査なんかがあると、出張ばかりになる部署だよね。

「そうなんですね。だから、あまり社内で見ない……」

言いかけて、社長の手にしたファイルを凝視した。内部監査の人間が、社長に〝直接〟渡しに来たファイル。それはあまり普通じゃない。

「……残業でしょうか？」

「いや、それには及ばない。孝介が言うように、月曜日にならないと進まないな」

月曜日に何かあるの？

パタンとファイルを閉じて、社長は顔を上げると、少し不機嫌そうにした。

「そして、美和……」

「はい？」

「どうして孝介は名前で呼ぶんだ？」

気になるのは、ファイルじゃないのか。

「飯村さんはふたりいますから」

「東野も、俺と爺さんでふたりいるだろ」

「まさか社長と会長を、名前で呼び分けるわけにはいかないじゃないですか。だいたい、私は孝介さん自身に、『孝介さん』とは呼びかけていませんから」

「ふうん？」

目を細めて訝しむような顔をされる。

これは納得していない『ふうん』かな。また名前を呼べとか、こだわるつもりか。

「わかりました。彼のことは『飯村さん』とお呼びします」

やっぱり納得はしていないみたい。でも社長はしぶしぶ引いてくれた。

「では、気を取り直して、下町酒場にお連れしましょう」

『お?』というように眉を上げた社長に、苦笑を返す。

「社長、従兄弟さんにフラれてましたもん。連れていきますよ~? どこにしようかな。もちろん飲みますよね?」

「孝介の『忙しい』は特殊だ。お前もあまり近づくんじゃないぞ」

「……わかりました」

とりあえず何が『特殊』なのかはわからないなりに、本気で『近づくな』と言われているのはわかったから、頷く。

それからふたり並んでエレベーターホールに向かうと、珍しく残業らしい春日井さんに睨まれる。それをスルーして地下駐車場に行き、お迎えの小杉さんにニヤニヤされながら、下町まで送ってもらった。

「何度見ても、あの建物はビールジョッキにしか見えないですよねー」

「……ビールジョッキなんだろ」

太陽光を浴びて金色ピカピカの四角いビルは、泡の入ったビールジョッキに見えるし、その脇にある丸いフォルムの雲みたいなオブジェ——確かあれは、炎だと聞いたことがあった。

ある意味で、下町のランドマーク的なビルを眺めてから、観光客の多い中を進んでいく。

「ところで、社長は暑くないんですか?」

この夕暮れどきの暑さの中できっちり三つ揃いのスーツ姿は、見ているこっちが暑苦しい。

「今から行くお店、あっついですから、脱いだ方がいいですよ」

「男に着ているものを脱げとは、お前も凄いね」

そういった変な意味じゃないですから!

「まぁ、さすがに冗談だ。それにしても、陽が落ち始めているのに暑いなぁ。いつまでこの暑さが続くんだろうな」

涼しい顔をした社長が、スーツのジャケットを脱ぐのを見守る。変な冗談は、もっとオッサンになってから言っていただきたい。

そうして潜った暖簾《のれん》の店。社長が感心したように店内を見渡した。

コの字形のカウンター席。人ひとりすれ違うことができるかどうかの狭い通路。ちょっと破れかけて、中のクッション材が見える丸いビニール椅子。カウンターの中は厨房で、甚兵衛《じんべえ》に、頭にタオルを巻いた店主が焼鳥を焼いていて……。

「いらっしゃい」

そう言って店主は、ほとんど埋まっている席を眺める。

「徳《とく》さん、俺がズレる」

常連らしいTシャツにジーパンのオジサンが、ビールと焼鳥片手に、ひとつ席を譲ってくれた。

「あ、ありがとうございます」

「すみません」

「ああ、いいよいいよ。冬に毎日来てたねーちゃんか。今日はデートか？」

軽い調子で話しかけられると、社長が隣に座りながら、驚いた顔で私を見る。

「知り合いなのか？」

その言葉に、オジサンが大笑いした。

「紹介し合うような仲じゃないよ。俺はいつも晩飯はここだから、何となく顔見知りってくらいだ。にーちゃんもデートならこんな店じゃなくて、もっといい店に行けばいいだろうに」

「こんな店で悪かったな」

店主の徳さんが仏頂面をしながら、私と社長の前に熱々のおしぼりを置き、それを聞いていたまわりの人たちが楽しそうに笑い始めた。下町ならではというか、ちょっとフレンドリーな雰囲気だ。

「まぁ、こんな汚い店に来るのは常連か、怖いもの見たさの一見《いちげん》さんくらいだから、まさか酔っぱらってご機嫌に歌い始めた女の子たちは忘れないねぇ」

言わなくてもいいー！

私は真っ赤になり、社長はポカンとして――じっと期待の目を向けてきた。

私だって素面《しらふ》で歌わないからね？　スルーしよう、スルー。

「今日のお勧めはなんでしょう？」

「何だ、久しぶりに来たかと思えば、彼氏の前だとおしとやかなフリか？　いつも通り、『オヤジ、何かくれ』でいいよ」

「オヤジだなんて、呼んだことないでしょう！　徳さんのお勧めちょうだい！」

「まずは飲みたいものくらいは決めろ。後は適当にいいの見繕うから」

ワハハと笑って、徳さんが焼鳥を焼き出した。

それを眺めてから社長を窺うと、俯いて笑っている。思いきり肩が揺れているし。

「アットホームだな……」

「ここは特別だと思いますが。何になさいます？」

普通に並んでお品書きを見せると、彼はカウンターに肘をついて私を見ながら、片手でネクタイを緩めた。

……おや、これはヤバい。社長との距離が親密なんじゃ？

「ここで、その上品か慇懃無礼なのかわからない敬語は、おかしいだろ」

慇懃無礼なんてことは、考えていなかった。でも、敬語に気を遣って、たまにおかしな言葉遣いになっているのは気づいている。混乱するのは、秘書としては二流以下なんだろうな。

とりあえず、自分にがっかりはともかく、社長、ちょ〜っと近づきすぎだと……。

「暑いです。もう少し離れてください」

「ああ。顔が赤いのは、きっと暑さのせいなんだろうな？」

違うと思う。でも、その胡散くさい笑顔をしているってことは、わざとやっているでしょう？

「そういうことにしておいた方が、世の中うまくいくこともあります」

「今日は無礼講でいいんだろう？」

「え、無礼講でいいんですか？」

目を丸くして彼を見ると、呆れたように笑われる。

「お前はいつも無礼だろ」

「違います！」

叫んだ途端、徳さんに爆笑された。

「そうかそうか、にーちゃんはねーちゃんの上司か。楽しい部下を持ったら大変だねぇ」

「本当です。あ、俺はビールでお願いします」

「ジョッキと中瓶、どっちがいい？」

聞かれた社長は一瞬キョトンとして、それから破顔した。

「じゃあ、ジョッキでお願いします」

なぜか嬉しそうに頼んで、楽しそうに私を振り返る。どこか伸び伸びしていない？

ネクタイを外し、腕まくりまでしてニヤニヤしている。

何だろうと首を傾げて、納得した。

そっか。ここじゃ、〝東野社長〟でいなくていいのか。いつも連れていってくれるような店じゃ、結果として東野社長を取り繕っていることに変わりないもんね。普通に社長様相手に、ビールはジョッキがいいのかって聞いてくる人は珍しいかも。いつも当然のように瓶ビールが出てきて、私がお酌するもんなぁ。

「じゃ、私も生ひとつ。それから徳さんのお新香《しんこ》が食べたいな」

「はいはい。じゃ、生ふたつ」

ジョッキとお新香、お通しの枝豆を出されて乾杯した。

暑い店内で、炭火で焼かれる肉のにおいと魚のにおいが入り混じる。その中で味わうビールの苦味は、とても美味しい。

「なかなか楽しい店だな」

ゴクゴクとジョッキを空けた社長に、びっくりだ。でも、どこかやんちゃな笑顔に私も嬉しくなる。

笑い合っていると、Tシャツのオジサンが社長の飲みっぷりに、「いいねぇ、にーちゃん」と、なぜか気をよくしてお酒を奢ってくれた。

今日の徳さんお勧めコースは、焼鳥に手羽先、ホタテの刺身に、茄子《なす》の煮浸し。それをつまみにお酒を飲み続けていたら、気がつけば社長とTシャツのオジサンが仲良く、というよりも熱く、手拭《てぬぐ》いの売れ行きについて語り始めていた。

それからふたりでなぜか飲み競《くら》べを始めて、まわりのお客さんたちまで囃《はや》し立てる始末。

ちょ～っと、弾けすぎじゃないかなぁ？って思わないわけじゃなかったんだけど、あまりに楽しそうにしていたから、止めるのが遅くなった。


「もう！　飲みすぎですから！」

真夜中三時。徳さんに手伝ってもらって社長をタクシーに詰め込むと、溜め息をついた。

「いやぁ、こっちはいい売り上げになったし、伸《しん》ちゃん相手に勝ったんだから、たいしたもんだと思うよ。頑張って送ってあげな」

徳さんいわく、Tシャツのオジサンは〝伸ちゃん〟というらしい。彼はまだ店で潰れている。フラフラしながらも、さっきまではギリギリのラインでキリッとしていた社長は、今や後部座席でぐったりしていた。

「では、ありがとうございました」

「ああ、気をつけてなぁ」

苦笑しつつ片手を上げる徳さんに手を振って、タクシーに乗り込むと、社長の自宅住所を告げてから、座り直して腕を組んだ。

「もう。男の人って、どうして勝負に熱くなっちゃうんだろ」

「それが男ってもんだろ……」

「あ、起きてましたか」

「半分寝てるがな……」

社長を覗き込むと、目を瞑《つむ》ってグダグダしながらも起きているらしい。

ビール、焼酎、日本酒、そして泡盛まで手を出していたよね。すげーなこの人、どこまで飲むんだって、ポカーンとしていた私も悪かったんだ。

「女の前で、カッコ悪いところ見せられねぇだろ」

「いや、もう、こんな醜態を晒している段階でカッコ悪いです」

「お前、それは思っても言うな」

ブツブツ呟いて、片腕で顔を隠してしまった。

あらら、隠しちゃった。目を瞑っていても、目の保養だったのに～。

そうして、半分眠ってぐったりしている社長宅に着くと、今度は運転手さんに手伝ってもらって、玄関まで彼を支えながら歩く。

「中まで運びますか?」

愛想のいい運転手さんの言葉を聞きながら半笑いした。さすがにそれは申し訳ないから辞退して帰ってもらい、社長の腕をトントンと叩く。

「着きましたよ。鍵出してください。家に入りますよー」

一瞬、垣根の向こうに小杉さんの家が視界に入り、どうしようか考える。でも、助けを呼ぶのも申し訳ない時間だしなぁ。

そうしていたら、ノロノロとジャケットのポケットから鍵を取り出し、彼がドアを開けてくれた。

「悪いな……」

「大丈夫です。泥酔男子は弟で慣れています」

「俺は弟じゃない」

社長は低く呟いて私から離れていくと、ふらっと中に入って、パチリとライトをつけた。

ここまで来て放っておくのも、さすがに気が引けるよね。

遅れて追っていくと、すでに彼の姿はなくて、乱雑に脱いだ靴とジャケットが玄関に落ちていた。

ジャケットくらいは持っていけ。そう思いつつも、それを拾って辺りを見回す。

吹き抜けの玄関。目の前に、二階に上がる階段。左右には木製のドア。右側のドアが半開きで明るいから、社長はこっちかな？

「おじゃまします」

一応の防犯にドアの鍵を閉めてから、小さな声で呟いて勝手に上がり込むと、自分のパンプスと社長の革靴をきちんと並べ直す。

右側の部屋はリビングらしい。高そうなふかふか絨毯の上に、ふたりがけのソファとローテーブル。正面にはテレビ。後ろ側にはサイドボード。その中には、これまた高そうなお酒のボトルと、芸術品みたいなグラスが綺麗に並んでいる。

白い壁にかかっているのは、またもや抽象画。激しく緑だらけの絵は、やっぱり落書きに見えて、何を表現しているのかわからない。

リビングに入って正面と左側にはまたドアがあり、ふと振り返って目に入った開けっぱなしのカーテンの向こうに、庭に繋がるテラスが見えた。

ふうん、ここが社長の家かぁ。ちょっぴりよそよそしい感じがするのはなぜだろう。殺風景に感じるからかな。

「観葉植物でも置けばいいのに」

「どうせ帰って寝るだけの家では、枯らすだけだ」

後ろから声が聞こえて飛び上がると、溜め息交じりに社長が左側のドアから出てくるところだった。

「お前も飲むか?」

手に持っていたのは、水のペットボトル。

「私は大丈夫です。社長こそ大丈夫ですか?」

さっきよりもしっかりした足取りの彼が、私の前を素通りしてからソファにドサリと座った。

「こんなに酔ったのは久しぶりだな」

「あれで酔わない方がどうかしていますから。止めに入らなくてすみません」

「お前のせいじゃないだろ。馬鹿だな、どうしてお前が謝る」

「いえ……でも、あなたの体調管理も私の務めでしょう?」

私が呟くと、驚いたような目と視線が絡まった。

その驚きが過ぎ去ると、社長は考え込むように遠くを見て、最後には自嘲するように、唇だけが笑みの形を作った。

私は何か、おかしなことを言った？

「お前のその、何も考えていなくて、人がいいところ。俺は嫌いじゃないがな？」

ペットボトルをローテーブルに置いた彼に、手招きされて近づいた。

すると、いきなり腕を掴まれて引っ張られる。

ドサッと私のバッグが床に落ちる音。同時に、持っていたジャケットも手からバサリと離れた。そして私自身、バランスを崩してしまって……。

「ひゃ……っ！」

思いきり社長に向かって倒れ込んだ。

「しゃ、社長？」

密着した胸と胸。薄いブラウス越しに感じる社長の体温は、熱い。

かかる吐息に混じるお酒のにおいと、社長がいつもつけている香水の微かな柑橘系《かんきつけい》のにおい。彼の膝の上に乗っかった私に、何を思ったのか、背中に力強い腕を回してきて、そして首筋に顔をうずめてくる。

ギャー！　何をしているんですか！

「あ、危ない、じゃないですか！　離して！」

「いいにおいがする」

つき……。

「嗅ぐな！　やめてくださ……」

乱れたブラウスの隙間から、熱くて柔らかい唇が押しつけられた。

くすぐったいような、ゾクゾクするような感覚が走り抜けて、思わず社長にしがみ

「俺は弟じゃなくて、ただの男なんだよ。いい加減、自覚しろ馬鹿」

その言葉が、どこか甘く優しく響いてきて、身体が震えた。

うん。わかっていないわけじゃない。

だいたいうちの弟は、どっちかというと体育会系でむさ苦しいし、こんな美形な弟を持った記憶もない。ちゃんと、社長は社長だって認識はしている。

そのはずでも、今日なんてとても自然体で、下町酒場のオジサンと意気投合して、飲み競べなんて始める始末でさ。

いや、でも、でもね？

「あ、あなたは、女嫌いでしょ！」

「それは違うって、わかってるだろ」

わかってるよね！　ええ、それも知ってる。

今は仕事が中心で、奥さんを持っている余裕はないんだって考えていることも聞い

ている。同時に、鵜の目鷹の目で狙ってくる女性たちにちょっぴり怯《おび》えているんだろうなーってことも、薄々気づいていた。

どこかロマンティストで、理想を求めているんだってことも……。

社長には可愛いお嬢さんが似合う。小さくてお人形さんみたいな可愛い子。まわりから見ても『お似合いね』と心から言えるような、深窓のお嬢様。社長をきちんと、東野隼人さんとして見てくれる人。

間違っても、こんな無礼で、平均的なサラリーマン一家に生まれた、平凡なお母さん的な女ではなく。

そもそも、そんな風に考えること自体がおかしいじゃない？

『いずれは見合いでもしないといけないでしょうが、今は仕事に専念したいので煩わしいです』

初めの頃に社長はそう言っていた。だから、これは〝忠告〟だ。

「社長……離してください」

呟くようにして言うと、背中の拘束が少しだけ緩む。

「私が無頓着にも、夜中に男性の家に上がり込んでしまったのは認めますから」

緩んだ腕に確信を得て離れると、簡単に抜け出せた。

立ち上がり、少し乱れた服とスカートを直していると、右の薬指に輝くリングが視界に入る。

このリングはカモフラージュ。『社長の茶番にお付き合いします』という証《あか》しに過ぎない。

それを見ていたら、彼の溜め息が聞こえた。

「本当に、わかってるか？」

「わかりました。今後は気をつけます」

「そうじゃなくて……」

社長は疲れたように言いかけ、頭が痛むのか顔をしかめて、こめかみに触れると溜め息をつく。

「どちらにせよ、討論できる体調じゃなさそうだな。もう少ししたら小杉が起きるから、彼に送ってもらえ」

小杉さんの家は、本当に早起きなんだなぁ。社長は、目はバッチリ覚めているようだ。これなら急性アルコール中毒とか、そういう心配はないと思う。

「大丈夫ですよ、タクシーで帰りますから。起き抜けに小杉さんにお願いするとか、やめて差し上げてください」

「この辺りにはタクシーは来ないぞ」

「今はスマホアプリで便利なものがあるんですよ」

落ちていたジャケットを拾い上げ、振り返って渡そうとしたら、頭を抱えている社長を見つけた。

「ちょ……大丈夫です？」

「頭がガンガンしてきた」

めちゃめちゃ顔を歪《ゆが》めている彼の前に、慌ててしゃがみ込む。

「今さら？　ともかく、えーと、横になりましょうか？」

「それは、誘われてるのか？」

「そんなわけないでしょうが！　思考は元気ですね！」

「悪い。大きな声は響く」

全くもう！　最終的にはすっごく手のかかる人だな！

「吐きそうですか？　そうじゃないなら、しっかりお水飲んでください」

置いてあった水のペットボトルを渡すと、ゴキュゴキュと飲み干してから、またまた溜め息。

「ここまでは久しぶりだな……」

「あなた、相当お酒が強いんですね」

呆れるというか、何というか。うちの弟は一回大イビキで眠ったら、翌日はピンシャンしているしなぁ。

「とりあえず、安静にするしかないですね。寝室まで歩けます？」

「ここでいい……」

もぞもぞと動いて、ソファに横になった社長。明らかにサイズが合っていない。足は飛び出しているし、頭は変な角度になっている。

……でも、苦痛に顔をしかめる社長が妙に色っぽくて萌える。お酒飲みすぎのだらしない姿のくせに、オイシイとか考えちゃう。

いけない。そんな不埒《ふらち》なことを考えている暇はないから。

彼が動けないのはわかった。だったらここで落ち着ける方法を探そう。せめて、肘かけの間に何かクッションでも置けば、頭は変な角度にはならないだろう。それに、何か上にかけるもの。

寝室に行けば済むことだけど、さすがにご忠告をいただいたばかりで、〝ひとり暮らしの男の寝室〟に踏み込む勇気はない。

おそらくあっちはキッチンでしょう？　とすると、正面の部屋は何だろう。

ちょっと覗いてみると、書斎だった。格子窓の正面に大きなデスク。壁際に、天井までの高さの書棚が埋め込まれ、並べられているのは辞典みたいな洋書に、経済関連の本。その椅子に、ふかふかのクッションと膝かけを見つけた。

それを持ってリビングに戻ると、困ったような社長と目が合う。

「何をしてるんだ？」

「巣作りです。ちょっと失礼しま～す」

彼の頭を少しだけ持ち上げて、肘かけと背中の間にクッションを突っ込むと、膝かけをふわりと着せかける。それからキッチンに向かうと、大きな銀色の冷蔵庫に突進した。確か頭を冷やすと、少しは効果的なはず。そして、暗いところで安静に……だったような。

まずは見つけたレジ袋に水を張り、製氷機から氷を取って入れる。勝手に氷ができるタイプの冷蔵庫は便利だ。

破れたら大惨事だから、袋を三重にしてギッチリと口を縛る。ハンカチで包んで、簡易氷嚢《ひょうのう》のでき上がり。

リビングに戻ると、電気のスイッチを見つけて社長を振り返る。

「電気を消しますすよ？」

一瞬、目を丸くした社長の顔に首を傾げ、構わずに電気を消して、簡易氷嚢をおでこに乗せた。

「う……」

「あ、冷たかったですか？　でも、冷やした方がいいかと思って」

優しく声をかけると、もぞもぞと動いている彼が息を吐いた。

「美和、悪い……」

「はい？」

「俺は電気がついてないと、ひとりで眠れないんだ」

それはそれは、悲しそうな呟きが返ってきた。

大忙しです。

何を子供みたいなことをぬかしているんだ、と思った土曜日。

あの日は、家の電気が半分しか点《とも》っていないのを訝しく思った勝子さんがやってきて、二日酔い状態の社長に睨まれながら種明かしをしてくれた。

忙しかった家族を持っていた彼にとって、幼少期の暗闇は恐ろしいものだったらしい。夜中にふっと目が覚めて、静まり返った暗闇は大人でも怖いとは思う。

うん。私にもわかる。小さい子供なら、なおさら怖いだろうって。

今では暗闇を怖がることはないそうだけど、それ以来、眠るときに暗いと気になって眠れないらしい。トラウマって恐ろしいものだ。

とりあえず、菩薩《ぼさつ》オーラを漂わせている勝子さんに後を任せて、私は帰った。

でも、そんなことを私が知ってしまったからか、月曜日の社長は、朝から何だかぎこちない。

いつも小杉さん運転の車が着く頃に、私が地下駐車場でお出迎えする。しかし今日は、困ったようにそっぽを向いて視線を逸らし続ける社長。

エレベーターでも無言で、私が今日の予定を伝える言葉に頷くのみ。口論もなく通り過ぎる私たちに、秘書課のメンツは目を丸くする始末。

いや、それはそれで普通だと思うんだ。

そして執務室に入るなり、何の音沙汰もなく一時間経過した。

やっぱり彼は子供みたいだ。

「社長はいるかい、西澤さん」

ガラスをコンコン叩く音と同時に、微笑みを浮かべた副社長が現れる。

「はい。いらっしゃいます」

社長の態度に気を取られて忘れていた。金曜日の夜に副社長の息子の飯村さんから大変そうなファイルを渡されていたよね。その件かな？

一応、内線電話で副社長の来訪を告げると、声だけは平静で『入ってもらってくれ』という返事。

立ち上がり、執務室をノックしたら、小さく返事があったからドアを開く。

「何だね、君たち。朝もそうだが、喧嘩でもしてるのかい？」

副社長の言葉に私は眉を上げ、社長は書類から顔を上げて不機嫌そうな顔をしてから、その気配を一瞬で消す。

朝は珍しく、口論せずに社長室に来たはずだよね。

「副社長、あなたはそんな話をしに来たわけではないでしょう。コーヒーを頼む」

最後の方は私に向かって言われたので、静かに一礼した。

入っていく副社長を見送り、給湯室に向かいながら、出がらしでも淹れてやろうかな……一瞬、そんな黒いことも考えたり。

全く何なんだろう、あの態度は。ちょっとイラッとしながら、コーヒーをふたつ用意して持っていくと、ふたりはソファセットに移動していた。

社長は綺麗な眉をひそめながらファイルを眺め、副社長も難しい顔をしている。

金曜日、飯村さんに渡されたファイルだよね？

横目で確認しつつ、社長たちの前にカップを置いたところで声をかけられた。

「美和、今日の予定をすべてキャンセルしてくれ」

すべてキャンセル？　日中は大事な商談がないから大丈夫だとは思うけど。

「十九時からの、幡中《はたなか》興業の社長との会食はいかがいたしますか？」

「それは受ける。十三時から役員会議をする」

役員会議？　目を丸くしてトレイを持ち直したら、社長は少し考えながら私を見つめ、そして持っていたファイルを閉じて差し出してきた。

「他言無用に頼む」

見てもいいということ？

受け取ってファイルを開くと、監査室経由の事業部の報告書。あの鶏肉疑惑のある子会社の工場の件だとすぐにわかった。

抜き打ちで行った抜き取り検査の結果は白。鶏肉の混入は認められず、食品表示に改竄はない旨。とりあえずそこはセーフか。

ただし、調査の結果、仕入れ量は以前と変わらず、業社の納品価格との差額を確認。経理計上での仕入れ価格は依然として変わらず……。

「ん……？」

仕入れ業社の納品価格との差額があるのに、仕入れ量と価格は同じ？

「さっき結果が出たようだな。仕入れ業社が絡んでいなくてある意味で助かったのか。ファックスも見るか？」

社長が脚を組みながら持っていた紙をヒラヒラとさせるから、それを無言で掴んで内容を視線で追った。仕入れている業社からの、何をどう卸しているかの詳細内訳だ。

牛は一応、国産らしい。つまりは謳《うた》い文句の〝国産牛使用〟は問題ない。

「そもそもの牛肉の値段、下がっているんですか？」

国産の牛肉はランクもブランドもたくさんあるよね。

「ああ。ランクを下げれば、キロ単価も下がるからな。それはいい。そこで仕入れ価格を抑えて帳尻を合わせているのかと思ったんだが」

社長は息を吐いてからコーヒーを飲み、同時に副社長が苦笑した。

「うちで計上している支払額と合わせてみると、実際に仕入れ先に支払っている金額が、数ヵ月に及んで百万単位で少ないみたいだね」

社長たちは顔を見合わせると、静かに唇の端を上げた。

ふたりとも目が笑っていなくて、怖い感じの笑い方が寒すぎます。

「あの部門は本社に一番近い。御しきれないのは、僕がなめられているからでしょう」

「事業部は私の管理下ですよ。社長は高みの見物でお願いしたいですね」

ふたりで、どっちが責任を取るかを取り合いしているの？　普通は逆だと思うな。

「チョコレートを召し上がりませんか？　コーヒーに合いますよ」

ポケットからパッケージに包まれたチョコレートを取り出したら、社長と副社長がキョトンとして私を見る。そして、おずおずとふたりともそれを取って無言になった。

「もう少し建設的な話をしましょう」

社長は疲れたようにそう言うと、ぽいっとチョコレートを口に入れ、片手を差し出すからファイルを返す。

今回のこれは、もしかしなくても、横領事件なのかな？

「こんな大事なことを、私が知ってしまっても問題ないんでしょうか？」

「今はお前が俺の秘書だ。動いてもらうこともある。仕方がないだろう」

「ありがとうございます」

『仕方がない』か。社長の言葉に冷静にお礼を述べながら、内心でがっかりした。

……そうだね、他に方法がないから、私に命じるしかないもんね。

「では、失礼いたします」

一礼して退出すると、トレイを持ち直してから溜め息をついた。

まぁ、所詮は臨時の秘書だからね。わかっていた。社長の仕事は激務のはずなのに、私を通す書類は簡単な案件しか回ってきていないのも。本当に重要なことは、副社長が直接社長に持ってきていたことも。薄々気づいてはいたんだ。

私は数ヵ月しか着任しない秘書だし、そりゃたった数ヵ月程度で信用を勝ち取ろうとは思わない。でも、普通に落ち込むのは許してほしい。

「いいや。気にしていても始まらないし」

給湯室にトレイを戻すと、内線電話にかじりつく。

社長が参加する予定だった企画会議と、支社の視察をキャンセルして、それから役員たちに連絡を入れた。そういえば会長室には内線がないんだよな。

役員会議に呼ばないわけがないだろうし、会長は、社長に確認してからにしよう。

おそらく副社長と相談中だろうし、そんなことで聞きに行くのは憚《はばか》られる。

目の前の書類を眺め……社長に渡すはずの決裁書を、明日でよさそうなものと至急のものと確認をしながら分けていると、静かに執務室のドアが開いた。

「美和、役員たちに連絡は」

「いたしました。専務はすでに外出されていらっしゃいましたが、十四時には戻られるそうです。会長はいかがいたしますか?」

「ああ。会長室には内線がないからな。知らせてきてくれ」

声をかけに行かないといけない感じか。

「かしこまりました……あ、社長」

すぐに戻ろうとした社長を呼び止めると、眉をひそめながら振り返られる。

「秘書を通して連絡いたしましたので、役員の方には会議をする事情は説明しておりません。ですので、後はよろしくお願いいたします」

社長は何とも言えない複雑な表情で私を見下ろしてから頷くと、執務室へ戻っていった。

直接役員たちに内線はしなかった。そうすると秘書を通して臨時の役員会議を伝えることになる。

用心に越したことはないっていうし。事実を知っている人間は、少なければ少ないほどいいらしいし？

これは社長が教えてくれたこと。事実を知っている人が少なければ、まわりにバレる可能性もないものね。

持っていた書類の角を無意味に揃えて袖机にしまってから鍵をかけ、それから会長にお知らせするために、ひとつ上の階の会長室に向かった。

実は会長室って行ったことがない。会長はいつの間にか出社しているし、たまにお昼頃、秘書課の前を通る姿を見るくらいで、秘書も必要ないと言っているらしく常時ついている人間もいない。

社用で見かけるときは、秘書室長の羽柴さんがついているから、私たちとは本当に接点もない。社長室から出てすぐのところにある階段を上がっていったら会長室がある。用もなければ行かない場所、それが会長室だったりする。

階段を上りきり、シンプルな鉄扉を開け、眩しいくらいの陽の光に思わず目を細め、それから見えた光景に頭の中が空白になった。

視界に入ったのは燦々《さんさん》と降り注ぐ太陽と、緑豊かな畑で……え？　畑？

思わず、開けた扉と上がってきた階段を見直す。

うん。私はさっきまで間違いなく会社にいたんだよね。

視線を戻して、自分の頭を疑いながらも白昼夢ではない景色を眺める。

あそこにはミニトマト、あそこはキュウリと茄子、そっちにはししとう。あの地面から生えている緑は何だろう。あっちの列とそっちの列じゃ、葉っぱの種類が違うみたいだ。

いや、待って？　ビルの扉を開けたら土が見えるとかってどういうこと？

ここは屋上。だからフェンスが張り巡らされていた。それなのに、屋上にありがちな剝《む》き出しのコンクリート床ではなく、土が敷きつめられている。

ともかく、まわりを見渡せば、ここがオフィスビルに囲まれたビルの屋上だということはわかる。そして、畑の奥の方に木造の小さな家があった。

その家の脇には植木があって、傍らにベンチが置かれ、会長が作業着姿でお茶を飲みながら黙って私を見守っている。

うちの会社って、本当に大丈夫なんだろうか。

でも今まで大丈夫だったんだから、大丈夫だろう。

さすがにここから大きな声で役員会議のことを伝えるわけにいかないので、パンプスを脱いで土の上をスタスタ歩いていくと、会長が眉を上げる。

「足が汚れるよ、西澤さん」

私の名前をしっかり覚えていてくれたらしい彼が、そう言って苦笑する。

「足は洗えばいいですし、ストッキングは替えればいいだけです。パンプスで土の上をよたよた歩いて、畑を台無しにしてしまうよりはマシです」

せっかく綺麗な畑に頭から突っ込むのは避けたい。それよりも、他の意味でいろいろとツッコミたい。

「ふむ。ならば今度、あんたの長靴も用意しておこうか。とりあえず、ワシに何の用かね？」

ひょうきんに目をくりくりさせた会長が、持っていた湯飲みをベンチに置いた。

「はい。緊急の役員会議をお伝えしに参りました」

その言葉を聞いた途端、会長の視線が鋭くなったのに気づいた。ああ、一代でここまでの会社を興した経営者の顔だ。

「隼人がそう言ったかね？　緊急時だと？」

「いいえ。社長は『十三時から役員会議をする』とおっしゃっておりました。それから会長に『知らせてきてくれ』と」

会長は渋い顔をしながら立ち上がる。

「ふむ。着替えたらすぐに行くと伝えておいてもらえるか」

「かしこまりました」

彼が小さな家に入るのを見届けてから鉄扉まで戻る。

足の裏についた土を軽く払ってパンプスを履き、畑を振り返った。

私、社長や副社長は変わり者だなぁと思っていた。でも、何てことはなくて、その大本がそもそも変わり者だったのか。

小刻みに首を横に振りながら鉄扉を抜けると、そっと厳かに閉めた。

「何だろう。よそよそしいな」

社長がそう呟いたのは、重苦しい雰囲気の役員会議を終わらせて、幡中興業の社長と商談交じりのなごやかな会食も済ませ、小杉さんの車に乗り込んだ後だ。

いつものことのように『送るから乗れ』と言われたのに対して、私が否と答えたのが気にいらなかったらしい。

「気のせいではないですか?」

だいたい社長の車に乗って、先に家まで送ってもらえる秘書って何事だろう? 普通は社長を自宅までお見送りしてから、帰るものでしょう。

でも、それだとちょっと大変。社長の家からタクシーで最寄り駅までというのは毎日だとお財布事情が大変だし、せっかく社長の家の隣に小杉さんの自宅があるのに、社長を送り届けた後、私も送ってもらうなんて二度手間になって申し訳ない。

考えたのが、以前みたいに車に乗り込む社長を前に、その場で挨拶して別れる方法だ。夕飯に誘われない日はそうしてお見送りしていたし、それはそれで間違いじゃないと思うな。

「いいから、乗れ」

手首を掴まれて、後部座席に連れ込まれる。

「な、何を……っ」

まるで社長の膝の上にスライディングしたみたいになって、慌てて身体を起こすと、背後で小杉さんにドアを閉められた。小杉さんもグルなの!?

「まだ茶番は続いているんだろう?」

……茶番劇ですか。

「祝賀会が終わったんですから、もういいのでは？」

「いいから。お前は黙って送られていろ」

不機嫌にそう言われてしまったら、取りつく島もない。

座り直してスカートを整えていたら、小杉さんが運転席に滑り込んでくる。

「西澤さんの家からでいいですか？」

「はい。いつもありがとうございます」

小杉さんにいつものお礼を言ったところで、車が走り始めた。

無言でいる車内はとても静かだ。エンジン音だけがその場に充満していく。

「おふたりとも喧嘩でもされましたか？　朝からおかしいですよ？」

重苦しい雰囲気に耐えかねて小杉さんが口を開くと、バックミラー越しに社長を見た。小杉さんからしたら、社長は朝からそっぽを向いていた認識だよね。

「私はまだ業務中ですが」

ただ、無表情ながら不機嫌そうに腕を組んでいる社長のオーラが怖いだけです。

「もう会食は終わった。普通にしろ」

「普通にしたら、文句しか出ませんが」

「何の文句だよ」

「これって、誘拐ですからね？」

あっさり呟いたら小杉さんが吹き出し、社長は目を見開いた。

「お前の家に送るために、車に乗せたのが誘拐か？」

「私はお断りしましたからね。それを車に引っ張り込むなんて、立派な誘拐じゃありませんか」

「まぁまぁ、西澤さん……」

小杉さんが間に入ってこようとしたから、キッと彼の後ろ頭を睨む。

「ダメです、小杉さん。甘やかしちゃ！」

叫んだら、男性たちは同時に身を引いた。

「俺は、どちらかといったら、詰められてる気がするんだが」

「今は詰めてます！　だって社長、仕事が終わるとわがまま放題じゃないですか。常識的に考えて、人の嫌がることはしちゃいけませんって習いますから！」

「わがままは人を見て言っている」

人を見てわがままを言うのもどうなんですか？　『この人ならわがまま言っちゃってもオーケー』的な切り分けがあるんなら、伺いたいものだよ。

……って、あれ？　何だかおかしいことを聞いたな？

ポカンとして隣を見ると、社長はニヤリと笑った。

「お前は、俺に相当甘いと思うんだが」

「そうでしょうか？」

「お前にそんなつもりはないのかもしれないがな。たまに甘えすぎているなぁと思わないこともない」

えーと。それはどっちだ？

「正直、助かっているのは確かだよな」

そう言って、すっごくいい顔をして笑うから、思わず鼻を押さえた。

不意打ちはダメ。不意打ちは！

「何やってんだ、お前は」

社長は訝しそうに眉根を寄せ、覗き込んでくるから堪《たま》らない！

「あまり顔を近づけないで……！　私が挙動不審になりますから」

「いや。もうすでになってるんだが」

そのことはもう、何となく気づいている。

「しかも、人の顔を見てその反応はないんだろう？」

顔が好みだって言っているでしょう。そんな顔が間近にって、何の拷問？

顔を隠して離れていく私を、社長はしばらくじっと見て、それから肩を竦める。

「お前、本当に俺の顔が好きなんだな」

しみじみ言うことではないです！　何なんですか、私をいじめて楽しいですか！

「じゃあ、ちょっと寄り道するか」

「は……？」

唐突に何を言うの？

「まだ二十一時だし、問題ないだろ？」

「週明けの月曜日ですから、社長は体力があるのでしょうが、私はあまりありません」

「人を体力お化けみたいに言うんじゃない。まぁ、男と女じゃ基礎体力が違うんだろうな。気をつける」

だから、いったい何に気をつけるつもりだ。

それよりも、私は社長に怒っていたはずなのに、今はどうでもよくなっている。

「美形は得ですねー」

「女に美形と言われても、全く嬉しくないが」

呆れて言う私に対して、やはり真面目に返してくる社長。

「そろそろ到着しますが？」

小杉さんの言葉に、社長が無言で運転席を見た。

「もう一周しましょうかね……」

諦めた小杉さんに、私も諦めよう。

「どうしたんですか。今日の社長はいつもと違いますよ？」

「今日はオッサンばかり見ていたから、もう少し目の保養をさせてくれ」

本当に何を言ってんだ、あんた。

「私が目の保養になるわけがないじゃないですか」

「いや？　そうでもないぞ？」

おだてられたって何も出ない……と考えていたら、社長が私の方に向き直るように座り直した。

暗い道では、ときどき通り過ぎていく街灯に照らされるだけで、社長の表情は読みにくくなっている。それでもどこか笑っているような雰囲気だけは伝わってきていた。

「お前は柔らかそうだし、シルエットでも目の保養になるだろう」

これはあれか。私が社長を目の保養にしていることの意趣返しなのかな？

シルエットで、柔らかそうって……。

「オ、オヤジ入ってます。社長」

まるきりセクハラ発言になっているって。

「まぁ、お前からすると三十四歳の男なんてオヤジだろう。お前が生まれたときには、俺は小学生だぞ」

「学生の頃って、学年の差がハッキリしてますよね」

「そうだな。小学生のときには中学生が、中学生になると高校生が、ずいぶんと大人に見えたもんだが……自分が感じていた、年上の年代になってみると、意外と大人になっていないものなんだよな」

社長は小さく笑って頷いている。確かに、考えてみるとそうかもしれない。

「お前は学生の頃って、どんな風だったんだ？」

唐突な質問に、素早く瞬きをする。

「私ですか？　学生の頃は、ほとんど弟たちの世話ですね」

「前にも言っていたな。お前の家も両親共働きだったのか？」

そうじゃない。でも、子供が三人もいる空間は大変なんですよ。

「男の子が家にふたりいるとカオスなんです。すぐ喧嘩するし、物は散らかし放題だし、走り回るし、騒ぐし」

「ふうん？」

ひとりっ子にはわからない世界なのかな？　でも、社長だってわんぱく小僧だった時代があると思うんだ。

「高校生になってからは落ち着いてました。だから、ようやくできた自分の時間で勉強したんですよね」

「勉強は嫌いじゃなかったのか？」

「好きではないです。でも、わからないことがあれば調べられる。何となく答えがあるのが学生時代でしたからね」

「そうか？　白と黒以外にもグレーがあると認識するのは、高校生ぐらいからだと思うんだが」

それは勉強ではなくて、まるで〝人生〟のようじゃない？

ポカンとしていると、社長はゆっくりと手を伸ばし、そっと私の頬に触れた。

「お前は基本的にマイペースだ。わかるんだが、それだけではないから困る」

困られても困る。社長って物事を考えると、なぜか思いも寄らない返事が来るし。

もしかしたら、彼は人より一段踏み込んで物事を見ようとしているんだろうか。

他人が他人を見るときなんて、表面上のことがほとんどでしょう？

私は地味で真面目、それからマイペースで度胸がある、そんな風によく言われる。

仕事がしやすいように身なりを整えていたら、結果として地味になっただけ。考えているることをわざわざ言う必要もないから、傍から見たらマイペースに働いているように見えるんだろう。真面目かと言われたら実はそうでもない。

自己主張が少ない人間をどう評するかといったら、きっと当たり障りのない言葉しかないだろうし、会社員として普通だと思っている。

度胸があるかは知らない。でも、その表現が私の〝すべて〟じゃないんだろうとも理解している。

人間をたった四つの単語で言い表せたら、それはそれで凄いんだし。

そんなことを考えていたら、目の前の社長の雰囲気が少しだけ不機嫌になっていた。

「あ、えっと、すみません。考え事をしていました」

「男に触られながら考え事するんじゃない。お前、かなり危ないぞ」

ふにふにと頬を抓《つね》られて、苦笑した。

「だって、車中ですし。さすがに小杉さんの目の前で何かされるとは」

「甘いな」

そう言うが早いか、社長は私の肩を引き寄せる。

社長と私の顔がめちゃくちゃ近い。彼は私に覆い被さるようにしているから、小杉さんの後ろ姿も視界から遮られているし、バックミラーも見えない。

……ということは、小杉さんの視線からではこちらが何をしていようが、完璧に死角になるということですか？

人間、驚きすぎたら声を失うって聞いた。本当らしい。

鼻孔をくすぐる柑橘系のにおいと、どこか甘い社長の吐息。私はといえば目を見開いて、唇を一文字にしながら固まるしかない。

「小杉は俺たちを、付き合っている男女だと思っているんだ。キスくらいは目を瞑ってくれるだろう？」

超小声の囁きが耳朶《じだ》をくすぐってきて、背中がゾワゾワする。

「土曜日のことにしても、お前は無防備すぎるんだよ。当然のようにしてお前が帰ったから、勝子さんは不思議がっていたし」

土曜日。土曜日ってあれか。社長が『暗いと眠れない』とか言った日のことか。

「一部以外の人間にとって、お前はそろそろ〝俺のもの〟なんだよ。少しは自覚しろ」

そんなことできるわけがないじゃないか。

私と社長の間では、恋人同士じゃないってわかっていることなのに、それを自覚しろとか言われても――。

「嫌なら押し退《の》けるくらいしろ」

社長はそう言うけど、嫌だと感じないから困るんだ。

土曜日も鎖骨の辺りにキスされた。

あれは押し倒されたんだと思う。ただ驚いただけで、特に嫌悪感も何もなかった。

社長の唇は熱いなって。それだけ考えていた。

ぶっちゃけゾクゾクするような初めての感覚にびっくりして。あの感覚はワクワクすることにも似ていたような気もする。

その瞬間、街灯に照らされて社長の顔がハッキリと浮かび上がる。

からかうような闇色の視線。静かに混じり合う吐息。見つめ合っているうちに、どんどん闇が深く濃くなっていく。

すぐに街灯が途切れて、影になり、そして沈黙が落ちた。

「坊っちゃん。いい加減に離れてあげましょうか。西澤さんのマンションに着きましたよ」

小杉さんの言葉が聞こえて、お互いに我に返ったようにパッと離れる。

気がつけばマンションの前に車は停止していた。

「あ、ぁありがとうございました！」

慌ててドアを開けると、返事も待たず車道に飛び出す。それから逃げるようにしてマンションのエレベーターに走り込んだ。

追われているわけでもないのに、むやみにパネルの〝閉〟ボタンを連打して、ドアが閉まると素早く七階のボタンを押す。

エレベーターが動き出したのを確認して、無意識にほつれた髪を整えて。

えーと。今のは何だ？

まさか、あんなところでキスされそうになっていた？　いやいや、ないでしょう。地味クイーンの西澤美和。二十六歳で、そんな風に言われちゃう女だよ？

社長は美形なんだから、ちょっと声をかけたら可愛い女の子がすぐに釣れるって。ほら、大和撫子だって……ああ、あの人が相手なら、キスどころか、既成事実を作られて教会の鐘が鳴っちゃいそうだ。それはそれで社長がかわいそう。

いや、『かわいそう』もどうだよ。ちょっと頭が混乱してきていないか、私は。

社長は単にからかっているだけ、なんだろうな。

エレベーターを降りると、いつも通りバッグから鍵を取り出し、ドアを開けて中に入る。慣れ親しんだはずの自分の部屋。誰もいないから真っ暗な部屋は、なぜか寒いような気がする。そう感じてしまって玄関に立ち尽くした。

あれは絶対にからかわれているだけ。私が無防備だから、教えてくれているだけ。今は、一番近くにいる異性が私だけだから、ちょっとからかうついでに忠告してくれているだけ。

がっかりなんてしていない。まして、期待なんてしていない。だいたい、私はあんなハイスペックな人は望んでいない。

とはいっても、社長は実は、意外と可愛い人でノリがいい。それは新しい発見だと思っていて……だからどうだというんだ。

私と社長は、何でも言い合えるような間柄でもないし。今は近くにいても、野村さんが戻ってきたら終わるんだし。

ああ、やっぱり間近にいるって毒にしかならない。見ているだけでよかったのに。どうせ手に入らない高嶺《たかね》の花なら、身近になんて感じたくなかったのに。

社長はどうせいつかはお見合いでもして、どこかの誰かと結婚するんでしょう？

いつの間にか、居場所を作ってしまった存在はやっかいだ。触れられても、嫌だと思わない相手なんて、とてつもなく困る。

手を重ね合わせて、ふと触れた指先の冷たい感触に右手を見た。

暗闇に慣れた目に映ったのは、偽物の恋人同士を装うリング。光に当てると、とてもキラキラして輝くのは、見た目だけで意味はない特別ボーナス。
……そんなのいらない。何の思いも籠らない特別なんていらない。
気をつけていたはずなのに。どうして〝特別〟になってしまったんだろう。
小さく笑って、そして溜め息をついた。

あともう少しです。

仕事をしているときの社長は素敵だと思う。無表情だから超然として見えるし、ゆったりと脚を組み、書類を眺めている姿は何となく色気がある。

「……小娘」

「はい？」

何気ないフリをしながら小首を傾げると、厳しい視線が飛んできた。

「お前は朝からおとなしいかと思えば、今度は何だ？　そのコーヒーを置いてくれるのか、くれないのか、ハッキリしろ」

眺めていたのはバレていたらしい。

「置いていきます。そろそろ休憩になさいますでしょう？」

社長は午前と午後に一度ずつ休憩をする。気がついたのは最近のことで、ちょくちょく執務室から出てくるようになってからわかったことだ。

今はお昼前の休憩だから、クッキーも置いていこう。

「ありがとう」

執務机にカップとクッキーを置くとお礼を言われる。静かに一礼し、退出しようとして、後ろから声をかけられた。

「小娘、昼は空いているか？」

ここ数日、社長はきちんとお昼ご飯に誘ってくれるようになったなぁ。

感慨深く思いながら振り返った。

「申し訳ありません。用事がありまして」

「何の用事だ。言ってみろ」

「プライベートの用事ですので、社長には関係ございません」

笑顔を貼りつけたまま告げたら、途端に不機嫌そうな顔をされる。

火曜日は詩織とご飯、水曜日は実家に用事と、大学時代の友達と会う約束。昨日はスマホの様子がおかしいから、ショップに行って見てもらうので時間がかかるし、夜は同窓会があると言って、ランチと夕飯のお誘いをことごとく断った。

正直、すでに断る理由が思いつかなくなっている。でも、この方がいいと思う。近くにいるのはよくない。

いくら気安くしてくれているからといっても、相手は我が社の社長。

その社長は単に女性関係が煩わしいだけなんだし、執務室の中まで演技をする必要はない。そろそろ元のポジションに戻るんだから、少しずつ離れていくのもありだと思う。私がこの関係を完璧に〝勘違い〟する前に……って。

でも、めっちゃ不服そうにしているよ。この男は。

「用件が以上であれば、私は失礼いたします」

触らぬ神に祟《たた》りなしって言うし、今度こそ退室しようとして、ドアに手をかけた。

「美和、逃げるな」

「私は仕事中なので」

「俺は休憩中。いいからこっち向け」

しぶしぶ振り返ると、社長が私の顔をじっと見据えてくる。

「何だろう。不機嫌そうに見えるな」

「ひとりごとですか？　それとも私に聞いてますか？」

「どっちだろうなぁ」

それは私の台詞だって思うな。

私が不機嫌そうに見えるか見えないか聞いている？　ひとりごとなのか、問いかけなのかの答えをごまかしている？　あるいはマジにひとりごと？

たまに全く考えがわからなくなる。

「女は不可解で困る」

「お互いさまです。用がないのでしたら、本当に失礼しますから」

三度目は、さすがに引き留められずに執務室から退室できた。

まぁ、社長も私の嘘には薄々気づいているんだろうな。

小さく肩を竦めてデスクに戻り、かかってくる内線に応対しながら資料整理を始める。しばらくして、社長がカップ片手に執務室から出てきた。

「美和、少しいいか？」

それだけ言うと、私のデスクの前にある応接セットに座ってソファを指差す。

え。座れって言うの？

「大きな声で話すようなことではないから、座れ」

「本日の予定では、時間に余裕はございませんが」

「わかっている。ないから困るんだ」

無表情に見つめ返されて、無意識に右手のリングを弄《いじ》った。

本当に、余裕はないんだよ。横領疑惑のある食品工場の件について、水面下ではいろいろと調査をしながらも、表立っては通常業務をこなしていかないとならない。

だけど、役員たちのスケジュールは、実は緻密《ちみつ》に組み立てられていたりするから大変なんだ。

さっさと終わらせた方がよさそうだ。ソファに座り社長を見つめ返すと、彼はじっと黙り込んでいる。

相変わらず綺麗な顔をしているなぁ。

「珍しい」

ポツリと聞こえてきた言葉に瞬きを返した。珍しいって、何が？

「お前が真正面から、俺の顔を見てくるの」

そう言いながら、社長は苦笑する。

「俺は怯えさせたか？」

主語のない言葉は、何を意味しているのかいろいろと考えられて困る。

「えー……と？」

「悪かった。そんなつもりはなかったんだ」

『そんなつもり』で連想できるのは、この間、押し倒された関連についてかな？

「俺も強引に迫られて引いたんだから、女のお前なら、もっと怖かったよな？」

社長は少し困ったように目を逸らす。私がふっと視線を落とすと、ちょっとだけ彼の指先がもじもじしているのに気がついた。表情は〝無〟でも、バツが悪いって感じているのが正解だろうな。

実は、怖くはなかった。そして、そのおかげであなたに惹《ひ》かれてしまっている気持ちに気がついたんだろうと思う。

「もうしない。だから、露骨に避けないでほしい」

何とも可愛い『ごめんなさい』だなぁ。うん。やっぱり社長にはいろいろとバレバレだったらしい。でも、今の対応を変えるつもりもない。

「そろそろ、べったりしなくてもいいと思うんです」

「そろそろ？」

「ええ。祝賀会も乗りきりましたし、そもそもそれが目的のカモフラージュでしたよね？　それに、もう少しすれば野村さんが復帰なさるでしょうし」

社長は考えるようにして虚空に視線を彷徨《さまよ》わせ、その後改めて目が合った。

「つまり……？」

「つまり、私はいずれ秘書課に戻りますし、いきなりよりは徐々に仲違《なかたが》いしたという雰囲気が必要な気がします」

「そうか？」

「終わりは考えていらっしゃらなかったですか？　私が秘書課に戻った瞬間から元通

りになったら、私は質問攻めに遭うじゃないですか」

その可能性はあまり考えていなかったらしい。驚いたように目を瞠って、彼は身を乗り出した。

「それも噂になるか？」

「なりますよ。しかも、直接聞けそうな私が目の前にいたら、『どうしたの？』『大丈夫？』なんて心配するフリで聞いてくれちゃうお節介は、たくさんいます」

表向きは楚々としている人たちも、実は結構大きなお世話焼きが多いんだよね。

「最初が派手でしたもん。だから徐々に距離を置いて、私が戻る頃には勝手に『別れたんだな』って推測してもらえれば、そっとしておいてくれますよ」

でも、最初から疑っていた詩織や、目の敵《かたき》にしてくれた春日井さんは、しばらくうるさいかもしれないなぁ。そこは頑張るしかないか。

あっけらかんと答えると、社長は困ったような怒ったような、何とも複雑な表情を浮かべる。無表情以外の表情を見るのも楽しいけど、それは遠くから眺めていられればいいかな。

『仕事が忙しいから』だとか、『まだ女性を守れないから』、だから〝煩わしい〟と公言する人を陥落させるような情熱は、私にはないもの。

平凡でいいんだよね。間違っても常時モテモテスペックを発動している人じゃない方が安心そうだ。浮気の心配がない人の方が、長く生活していく上でいいと思う。贅沢はしなくてもいいから生活に困らない程度に収入があって、子供は三人は欲しい。専業主婦——難しければ時間短めのパートをしよう。子供との時間は持ちたいし、主婦業は大変だもん。

うーん。そうすると、あまり時間はないなぁ。二十六歳だし、臨時秘書の期間が終わったら婚活に力を入れようかな。

「わかった。徐々に距離を置いていくのはいいとして。お前、急激すぎないか？」

「え？」

ずいぶんとひとりの世界に入っていたみたいで、我に返ると社長が腕を組んでいた。

「月曜日にあんなことをした俺にも責任はあるが、火曜日から徹底的に避けているだろう」

うん。まぁ、その通りすぎて何も言い返せない。

だって気がついた気持ちは、途中で空中分解されるのが目に見えている。

臨時秘書になる前は社長との距離もかなりあって、何も知らない当時は、こんな気持ちを持っていなかったはず。

振り向いてほしい。そう思う前に気持ちにストップをかけるためには、やっぱり距離も必要だと思う。迅速に早急に、そうしないと後が大変だもの。

「ひとりで飯食うのって、つまらないんだが」

そんなことを言われたって、どうにかしようって言えない。

「つまらないから、なんて理由でご一緒するつもりはありませんよ。今まではどうされていたんですか」

「どうしていたんだろうなぁ……」

「飯村さんを誘えばいいじゃないですか」

仲良さそうだし、気楽にご飯も食べられるんじゃない？

社長はあっけらかんと首を横に振り、ついでに軽く片手も振った。

「いや。あいつは今は無理」

「今は無理？」

それはまた、どうしてなんだろう。

「気になる女性ができたらしくて、一昨日《おととい》誘ったら速攻で断られた。しかも、男同士で飯を食いに行っても楽しくないって言われた。俺もそう思う」

「社長。常々思っていたので、この際だから無礼を承知で申し上げますね」

居住まいを正した私に、なぜか彼も組んでいた腕を解いて座り直す。

「あなたは内輪の人間に対しては、かなりの傍若無人ぶりですから、気をつけた方がいいと思います」

「お前も人のことは言えないと思う」

「私は仕事中は誰にでもこうですが」

「どうだか。俺はかなり弟扱いされていたぞ」

だって、こんなに身近に踏み込んできた人は身内以外にいなかったし、そうやって取り扱う方法しか私は知らないんだもん。

思えば、青春時代のほとんどは弟たちの世話に明け暮れて、同級生の男の子たちに見向きもしなかった。同じ年代の男の子は、結果として弟たちと大差はなかったし。

ほぼ自由になった大学時代は勉強が楽しくて、気がつけば『優等生のガリ勉』呼ばわりされていて、合コンや女子会すら誘われなかった。

就職してからは『地味クイーン』とか呼ばれていたわけでしょう?

まぁ、『ミスクイーン』とか呼ばれているらしい春日井さんに群がる男子に、呆れた視線を送っていたのは間違いない。仕事以外で男の人と話す機会も少なかったし、それはそれでいいだろうなって漠然と思っていた。

もしかすると、弟たち以外で普通に話ができている男性は社長だけなんじゃないのかな？　でも、これってどうなんだろう。

見ているだけで〝私の勝手な理想〟を押しつけていた社長。

実際は思慮深いはずなのに、どこか少し浅はかで、責任感はあるくせに、ちょっと気を抜いたら無責任。残念で、それなのに好みすぎる社長。

失望と同時に惹かれてしまうっていうことは、ある話なの？

複雑すぎて理解が追いつかない。

社長もわけがわからない人で、私は私自身がわからない。どうすればいいんだろうって、突きつめてしまうと、とても怖い気がする。

ただ静かに考えていたら、小さな舌打ちが聞こえたのと同時に、ガラスをノックする音が聞こえた。

「休憩中かな？」

振り返ると、にこやかな副社長がそこいて、手には黒いファイルを持っている。

それを見て社長はどこか諦めたように立ち上がり、副社長を出迎えた。

「いえ。終わりました。どうでしたか」

「ああ、あまりよくない知らせになりますね」

社長は頷いて、副社長を執務室に案内し始めたから、ハッとして立ち上がる。いけない。今は仕事中だった。

そんな私を社長は振り返り、視線をローテーブルに残されたカップに落とす。空になったカップを見て、また社長に目を向けたら、彼はただ頷くだけだった。

コーヒーを淹れてこいということかな？

執務室に入っていくふたりを見送り、短く息を吐くと、カップを持って給湯室に向かう。

しっかりしなくちゃ。私は臨時でも〝社長秘書〟なんだから。


短い話し合いの後、社長は副社長と一緒に昼ご飯に向かった。

それをお見送りして久しぶりに社食に顔を出したら、珍しい組み合わせのふたりが向かい合わせに座っていて驚く。

「詩織？　飯村さん？」

パッと顔を上げたふたりが、びっくりして私を振り向いた。

「お昼？　ご一緒してもいいですか？」

詩織は素早く頷いてくれた。飯村さんは一瞬躊躇《ちゅうちょ》して、何もなかったように頷く。

「西澤さん、社長はいかがされたんですか？」

「副社長とランチに行かれました」

飯村さんが訝しむような顔をするから、あっさり答えて詩織の隣に座ると、懐かしの本日の定食に箸をつけ始める。旬の焼き魚、お浸し、あんかけ揚げ豆腐に、わかめの味噌汁に白米。立派な和食じゃない？

そうして食べながら、隣の詩織と向かいの飯村さんの様子に首を傾げた。

何だろ、空気が微妙に重い。

「私、お邪魔だった？」

「ううん。ちょうどよかったの。私は助かった！」

ふうん。詩織は助かったらしい。でも飯村さんは苦い顔をして、お茶を飲み始めている。社食のお茶はあまり苦くないから、その表情の理由は別にあるんだろう。

「飯村さんは最近、気になる女性ができたのだとか？」

言った瞬間、彼は盛大にむせた。

「ごほ……っ！　え、あの、そんな話……ごほごほ」

涙目になった飯村さんに、詩織が同情の視線を向けるだけで何もしないから、ティッシュを差し出したら、片手を振られて断られる。

「あー……大丈夫。びっくりした」

言いながらハンカチで口元を押さえ、指先で涙を拭いてから彼は顔を上げた。

「そんな話も社長としているの？」

「他の方をお誘いしてはいかがと申し上げましたら、そうおっしゃられていました」

「そう。西澤さん、誘われても断っているんだ」

なぜか飯村さんは困ったような表情を浮かべ、私はただ頷いた。

「あまりにも毎回ですと申し訳ありませんし。それで、ふたりはお付き合いしているんですか？」

「してない」

詩織が答えて、その答えに飯村さんが彼女を素早く見ると、ほぼ同時に睨み合う。

ふむ。これは意見が分かれたんだな。

でも、相手は詩織だし。この子の恋愛観は、私が聞いてもおかしかったもんね。

「大変そうですねぇ」

呟くと、飯村さんは遠い目をした。

「西澤さんは、噂以上にマイペースなんだね」

「噂は噂でしかありませんし。世の中いろんな人がいますよね」

味噌汁を飲んでから息をつく。

勝子さんのお味噌汁は美味しかったなぁ。お出汁《だし》がちゃんときいていて、とても優しい味がした。

そんなことを考えていたら、詩織が私ににじり寄ってくる。

「ねぇ。最近、社長とうまくいってないの？　月曜日に、春日井が副社長室に書類を持っていった帰り、社長室を覗いたら、あんたが難しい顔をしてたっていう噂よ」

『月曜日』という単語は、いろんなことが連想されちゃう。

土曜日のことがあって社長は朝から挙動不審だったし。事業部系列の食品工場では横領疑惑が持ち上がったし。そして帰り際には誘拐され、変なことになりかけた。

うん。どれも言いふらすべきことではないかな。

「忙しかったんじゃない？　月曜日って、いつもハードだもん」

「そうよね。春日井が喜々として言いふらしてるみたいだから気をつけなよ？」

……それはかなり気をつけなくちゃ。

そもそも、用もないのに社長室を覗きに来る春日井さんも春日井さんなんだけど、ガラス越しとはいえ気がつかなかった私も私だ。そんなところを見られているとは思わなかった。私は眉をひそめかけて、目の前の飯村さんを見ると、彼はもう涼しい顔でお茶を飲んでいた。

さすがだ、内部監査室。彼の面の皮は厚いんだろう。

それからは当たり障りのない話をして、食べ終わると歯磨きをしてから社長秘書室に戻った。ガランとして音も少ない空間に、まだ社長は戻ってきていないと気づいて、彼はいつもどんな風景を見ているのか、とふと思った。

誰もいない執務室にそっと入り、まわりを見回すと窓辺に近づいてみる。窓から見えたのは、どこまでも続くような霞《かすみ》がかったビル群だった。

初めてこの部屋に来たとき、社長はここから外を眺めていたなぁ。急に思い出して、しばらくその風景に頬を緩ませる。

あの日の彼は、広がる景色に何を考えていたんだろうか。

「……何してるんだ、お前は」

急にかかった声に飛び上がり、慌てて振り返ると、開いたままのドアに社長がもたれかかって、無表情に腕を組んでいる姿が見えた。

「ええと。何もして、ないです」

「そうみたいだな。用事は済んだのか？」

「はい。これから業務に戻ります」

言いながら窓から離れて執務室を出ようとすると、なぜか社長がよけてくれない。

あれ。どうした社長。不機嫌じゃない？

不思議そうに首を傾げた私を無言で見下ろす社長。なぜか後ろ手にドアを閉め、カチリと鍵をかけた。

「あの？」

「孝介と社食で昼食が、お前の〝用事〟か？」

はい？

「今、副社長室で会った。春日井には気をつけた方がいいみたいだな」

ああ、そうですね。それは私も思いました。でも、どうして社長はじりじりと近づいてくるのかな？　無言プラス無表情で近づいてこられるとさすがに怖いです。

一歩近づかれると、一歩下がる、を繰り返し始める。

「あの……社長？　午後から仕事がありますから」

「そうだな。楽しい昼休憩だったか？」

まぁ、詩織もいたし、それなりにリフレッシュできたよ。ただ、今はそれどころじゃないっていうか？

社長は身長が高いから、こうして間近に立たれたら威圧感が半端ない。嫌な汗が背中を伝う頃、とうとう腰が執務机にぶつかった。

これはヤバい？　そう思ったのは一瞬で。脇をすり抜けようとしてすぐに捕まってしまった。

社長は軽々と私を持ち上げると、応接セットのソファに座らせて、そして私の前に立つ。

……うわぁ。社長の背中に暗雲が垂れ込めているよ。

「孝介には近づくなと言っただろう」

うん。さらっと聞いたと思う。えーと、特殊だから近づくな、だったかな？

「お前は何か用事があったんじゃないのか？」

社長のお誘いを断る単なる口実で、用はなかった。でも、そんなことをこの場で言うほど馬鹿じゃない。

「用事がなくなったので社食に行ったら、詩織がいて」

「詩織……？　成田か？」

眉をひそめる社長にコクコク頷いた。

「はい。詩織と一緒に、なぜか飯村さんが居合わせていただけです」

別に約束していたわけじゃない。言外の意味を理解したのか、社長が頭を抱えてしゃがみ込む。

「あ、あの？」

どうしたどうした？

「うっわー。俺、馬鹿みたいじゃないか」

「よくわかりませんが、何を話されたんですか？」

「いや。昼が一緒になったってことと、春日井には気をつけろって話だな。あいつもニヤニヤ煽るような言い方をしていたが」

そう言って社長はチラッと視線を上げる。その目が叱られた子供みたいで――しょんぼりしていて萌える！　鼻血出そうだよ、鼻血！

それに気づいたのか、社長が呆れたように目を細めた。

「お前は、本当に俺の顔が好きだな」

しみじみと言うことじゃないし！

「し、仕方ないじゃないですか！　そんな顔をしてる社長が悪いんです」

「それはどんな言いがかりだよ。顔は単に母親譲りってだけだろうが。お前だって誰かに似てるんだろ？」

「私も母親譲りですね。弟たちは父親に似てゴツいんです」

「ふーん……？」

柔らかく楽しそうにしている彼に、なごみかけてハッとした。

「い、今は業務中です！」

「そうなんだが。だいたい俺ほどの立場で忙しいって、会社存亡の危機くらいでいいと思わないか？」

「怖いことを言わないでください。今のところは安定しています」

「今回の一件で、どう波紋が広がるか、だがな」

疲れたように立ち上がる社長に、苦笑を返す。

「そんな弱気でどうします。頑張りましょう」

ガッツポーズ付きで言うと、彼はポンポンと私の頭を二度ほど叩いてから執務机に戻っていく。

「悪い。驚かせたな」

「いいえ。社長はびっくり箱みたいな人だと認識しておきます」

かなりの勢いでそう思うよ。でも、こういうざっくりしたところも好きだなぁ。

いや、違う、だからダメなんだって。しっかり距離を測らないと！

でも、そう考えると、春日井さんの言いふらしは有効かな。

今は気をつけないといけない事情だらけだから、覗かれるのはまずい。でも、私と社長が不仲という噂話は、今後を考えると感謝すべき？

私が難しい顔をしていただけなら、不仲にまでは発展しないかもしれないし、別の憶測も飛んじゃうかもしれない。でも今回の一件は、噂を最大限に利用したようなものだし、それを再利用してみようか。

ふむふむと考えながら顔を上げたら、執務机に座った社長が頬杖《ほおづえ》をついていた。

「失礼しました。業務に戻ります」

慌てて立ち上がると、彼はどこか面白くなさそうに頷く。

「ああ。それからこれ、まとめておいてくれ」

仕事中の社長はいつも無表情。この顔も私は好きだな。

頭の片隅でそんなことを思いつつ、差し出された黒いファイルを受け取ってからニッコリと微笑んだ。


「……疲れる」

ポチポチと最後の一行を打ち終えて、ざっと目を通してから印刷ボタンをクリック。

黒いファイルは、超達筆な手書き筆記体の英文の書類だった。

海外とのやり取りはメールでいいと思うんだ。そこらに走り書きでミミズみたいな文字もあって、解読が大変でしたとも。正直いじめられているのかと思ったのは、ここだけの話。

その間に執務室に常務が来たり、会長がミニトマトを持ってきたり、取引先から連絡が来たり。多方面の諸々を円滑に回し、処理していくのも秘書の務めだよね。

印刷した書類の束を最終確認して、黒いファイルに綴《と》じ直すと、執務室のドアをノックする。中から小さな返事が聞こえたからドアを開けた。

社長は執務机の向こう側に立ち、窓から下を眺めている。

凛と立つ後ろ姿もいいよねぇ。背が高いと猫背な人も多いけど、社長は姿勢がよくて、何より男性のスーツ姿って萌えるんだ。

だけど内心のニマニマは隠し、真面目な表情をして近づいていく。

「失礼いたします。先ほどのファイルをまとめ終えました」

「ありがとう」

そう言って社長は振り返り、手を差し伸べるから、何気なくその手にファイルを乗せる。一瞬そこで動きが止まり、それからそっとファイルは私の手から離れていった。

何だろう、今の間は。

「どうかなさいましたか？」

不思議に思って顔を上げると、社長の無表情が見えただけ。

「特に問題はない。下がっていいぞ」

違和感が半端ない。それでも踏み込むのはやめておいた方がいいかな。距離を置くって決めたんだし。

首を傾げながらもデスクに戻り、決済書類をサクサク仕分けていたら、終業間近に、コツンとガラスに何かがぶつかる音がしたから顔を上げる。

「西澤さん？」

私をそう呼ぶその人は、入院療養中のはずの野村さん。そしてその隣には、何を考えているかわからない笑顔の羽柴さんが立っていた。

「野村さん！　退院されたんですか⁉」

驚いて立ち上がった私と、誰よりも驚いた顔をしている野村さん。

「お久しぶりです。もう体調はよろしいんですか？」

パタパタと近づいたら、野村さんは驚いた表情を柔和な笑顔に変えた。

「ああ。リハビリもほぼ終わって、何とか杖なしでも歩けるようになったよ」

そういえば、骨折されたんだった。

「お怪我はいかがです？　ああ、とにかくお座りになってください」

「もうほとんどいいんだよ。それにしても、羽柴さんから、臨時で西澤さんをつけたと聞いていたが、思っていたより元気そうだね」

「まずは座ってください。病み上がりじゃないですか」

ぐいぐいとソファに座らせると、野村さんは他のことが気になるみたいで、私の顔と執務室のドアを交互に見ている。

「その……大丈夫だった？」

いったい、何を心配しての大丈夫？

軽く目を瞠って野村さんを見つめ返すと、彼は少しだけ安心したように息をついた。

「社長、女性が苦手だから。でも大丈夫のようだね？」

「ええ。まぁ……いろいろありました」

そりゃあもう、本当にいろいろあったなぁ。だけど、私から野村さんに伝えることではないと思うから、それは黙っておこう。

「もう、復帰されても問題ないんですか？」

野村さんと羽柴さんの様子からすると、どうもそんな感じだよね？

ニコニコしている野村さんが頷いて、羽柴さんは軽く手を振った。

「来週の月曜日からだね。社長と相談するけれど、現状は復帰すぐにフルタイムはきついでしょう」

通常業務プラスの横領疑惑が問題かな?

「その相談のために、今週中にぜひ来てもらいたいと無理を言って出てきてもらったんだ。社長はいらっしゃる?」

「いらっしゃいます。といいますか、まず内線をくだされば……」

いらっしゃるか確認できるだろうに。

「いや。野村さんが、西澤さんの顔をどうしても見たいって言うから」

「私の顔を見たところで、楽しくないと思うのですが」

「いやいや。西澤さんが平気な顔して務めてるよって話をしたら、信じてくれなくて」

笑顔を貼りつけて野村さんを眺めた。それくらいは社長を信用してあげようよ、野村さん。

「しかも、西澤さんと社長がとても仲がいいって言っても信じてくれなくてねぇ」

「普通ですよ。私は単なる臨時秘書です」

後の細かい話は社長とすればいい。執務室に向かいかけたら、中からドアが開いた。

社長は私、それから羽柴さん、最後に野村さんを見つけて眉を上げる。

「野村。もういいのか？」

「ああ、社長。本当にご迷惑をおかけしました」

立ち上がろうとする野村さんを社長は止めかけ、思い出したように私を見下ろす。

「執務室で話す。コーヒーを頼む」

そう言って野村さんと一緒に執務室に入っていった。

閉まるドアを眺めてから羽柴さんを横目で窺うと、彼は首を傾げる。

「どうかしたのかい？」

「春日井さんが用もないのに社長室を覗いていたらしくて」

「また、あの子かい？　悪い子じゃないのにねぇ……」

「だからといって、大っぴらに糾弾はできませんし。今は事業部の件もありますから、迂闊《うかつ》なことはできません。なるべく役員への書類は彼女に持たせないでいただければ大丈夫かと」

羽柴さんは苦笑しながら頷いてくれた。重役たちの執務室の区域に入らなければ、彼女も悪さはできないだろう。用もないのにその区域に向かったら目立つだろうし。

ひとりで頷いていたら、羽柴さんがとても嬉しそうな笑顔で私を眺めていた。

「西澤さんも、すっかり秘書の顔になったねぇ」

「元から秘書課の人間ですが？」

「いやぁ、前は他人事みたいに仕事を受け取って、ただやってますって感じに見えたからねぇ。意見があっても言わないタイプ」

指摘されて顔を赤らめる。その通りだったと思う。

「平凡でいいんです」

「それは……君の性格的に無理だと思うよ」

遠い目をして執務室に歩き始めた羽柴さんの言葉を、私は聞かないフリをして給湯室へ向かった。

意味合いの違いです。

野村さんが帰ってきて一週間。空白の期間の引き継ぎと、通常の決済業務、事業部の疑惑究明と人知れずバタバタしていると、余計なことを考えずに済む。

今まで使っていたデスクは野村さんに引き渡し、予備のデスクを秘書室に入れて、表面上は穏やかにお仕事お仕事。そして、時計を見て立ち上がる。

「野村さん。コーヒーを淹れますが、お飲みになりますか？」

「え？　ああ、ちょうどいいね。少し休憩にしようか」

五十八歳で孫がいる野村さん。声が低く重低音で、とてもダンディだ。

白髪交じりの髪はフサフサだし、真面目な表情をしていたら渋いオジ様。それでいて、笑うと子供っぽさが顔を出す。

笑顔が恵比須《えびす》様に見えてしまうのは、野村さんが垂れ目だからかな。

「西澤さん、いつも同じ時間にコーヒーブレイクするんだね」

「社長がいつもこのくらいの時間に休憩されるじゃないですか」

「ああ、そうなんだ。そう言われるとそうだね。以前からこのくらいになると、出てきていたかもしれないね」

笑いながら給湯室に向かい、コーヒーを淹れてからそれぞれのデスクに置いて、最後に執務室のドアをノックして静かに開けた。

珍しく社長は、執務机の上にファイルをいくつも乗せて目を細めている。そして、入ってきた私に気がついて溜め息をついた。

「もう、そんな時間か」

「はい。事業部の方ですか？」

カップを執務机に置きつつ、広げられたファイルを覗き込む。

「ああ、実に巧妙だ。あそこの所長はかなり大雑把な人間なんだが、音羽も間違いなく絡んでいるんだろうな」

音羽さん……ああ、事務主任のひょろ長男子か。頷きながら、買ってきたマドレーヌを傍らに置いた。

「何か必要なものはありますか？」

「必要なものか。癒しが欲しい」

真剣にキリッとした顔で言うことじゃない。何を言ってんの。

「明日の休日にドライブされてはいかがです？　気分転換になるでしょう」

かせる。

「ひとりでか？　楽しくない」

おいおいおい。ドライブは社長の趣味なんでしょう？

彼は一瞬考えるような素振りをして、いきなりいいことを思いついたように目を輝

「野村の復帰祝いでもするか？」

「復帰祝い？　今さらですか？」

野村さんが出社するようになってから、まるまる一週間経っている。

「後はお前の慰労会。来週には、元の常務補佐に戻るんだろう？」

困ったように笑われて、小首を傾げた。

「表向きは。いつまでも臨時でいられませんから。でも、内容的にはしばらく野村さんの補佐につきますよ？」

現状、社長と副社長は事業部の方にかかりきりになっている。

公にはできないから、今は水面下で動くしかなくて、溜まっていく通常業務は私と野村さんでこなしていた。

「そうなんだがな。たまに息抜きさせろ。社長になってから気兼ねなく飲めたのは、この間の夜くらいだったんだ」

思い出すのは、下町で常連のオジサンと意気投合していた社長の姿だ。

「野村さんを連れて下町酒場は、いかがなものでしょう？」

年齢的には問題なくても、ダンディ野村さんに似合わないなぁ。

「俺は下町じゃなくていいぞ。気兼ねしないメンバーで飲みたいだけだ」

「社長に気兼ねしない人は、かなり限られていると思うんですが」

「お前と野村は気にしないだろ？」

私をそのメンバーに入れるんじゃない。

思わず凝視すると、なぜか社長はニヤリと笑った。

「だいたい、初《しょ》っ端《ぱな》からぶっ飛んでたじゃないか。お前は弱音は吐かなかったよな。暴言はかなりの勢いで吐いていたが」

「失礼ですね。そんなに暴言は吐いていませんよ。それより、ちゃんと休憩なさってください。野村さんには予定を伺っておきますので」

片方の眉が上がって、それからカップとマドレーヌを見下ろした。

「常々思っていたんだが、お前のポケットにはいつも菓子が入っているのか？」

「いつもは引き出しに入ってますよ」

「お前はそんなもんを引き出しに入れてるのかよ」

軽く驚いた顔をされる。さすがに堂々と食べたりはしないし、公然の秘密っていうやつで、皆こっそりやっていたりするんだ。

曖昧に微笑みながら退出して、どうしようかなぁと考える。いきなり飲み会と言われても困るよね。

「どうかした？　難しい顔をして……何かあった？」

野村さんは心配そうな顔で、私と閉じられた執務室のドアを眺める。

優しいなぁ。私と社長に何かあったかと思ったのかな？

「いえ。何かあったわけでは。ところで野村さん、今夜はお孫さんと遊ぶ予定がありますか？」

「え。あの……いや、息子夫妻は旅行中だから、じいじは寂しくひとりでお留守番だよ。僕の予定なんて聞いてどうしたの？」

じいじって。思わず吹き出しそうになって、表情を引きしめる。

「はい。社長が飲みに行きたいと」

言いかけたら、野村さんが飲みかけコーヒーを綺麗に、そして見事に吹き出した。

「わあ。霧吹きみたいでしたねー」

「か、感心しないで！　西澤さん、布巾！　書類が」

あ、それは大変。

給湯室からタオルを持ってきてバタバタしていたら、社長がそっと顔を出していた。

「何事だ？」

「何事じゃないですよ！　突然、飲み会って何ですか」

野村さんのわめき声に、私と社長の視線が合う。

「お前は何を言ったんだ？」

「普通のことですよ。野村さんの予定を伺って、社長が飲み会をしたいって言ってると告げただけですもん」

「ああ。ちゃんと理由を言わないと、野村は驚くだろ」

「ええ？　理由っていっても、要は飲みたいだけですよね？」

ジト目をされても、どうしろって言うのよ。

「だいたい、復帰祝いだとか慰労会だとか、理由をつけたとしても、要は気兼ねなく飲みたいだけなのでしょう？」

「まぁ、そういうことになるかな」

困ったように指先で鼻の頭を掻いている社長に、苦笑した。

「でしたら、ごちゃごちゃ言わずに誘えばいいじゃないですか」

「俺は、お前には言われたくない！　だいたい普通に誘っても誘われないだろうが」

突然怒ったようにそう言って、私をじろっと睨んでから、彼は執務室に勢いよく戻っていく。

バン！と閉められたドアに身体を硬くしていたら、背後の方で野村さんが笑いを堪えるような声が聞こえたから振り向いた。

「何でしょうか？」

「見るからに明らかだったと……そうか。苦労するねぇ」

「え？　まぁ、そうですね？」

よくわからないながら答えてみたら、野村さんに〝やれやれ〟とでもいうように溜め息をつかれる。

「僕に予定はないよ。後は社長に気兼ねなく接することができる人は、飯村副社長親子と、会長と、羽柴さんくらいかな」

「あ、ありがとうございます。でも社長が素で接することができる人って、本当に少ないんですね～」

「うん。それだけに貴重なんだけれどね」

デスクに戻って内線電話を取る私を、なぜか野村さんは温かく見守ってくれていた。

「まぁ、普通だな」

社長がポツリと呟いて、まわりの皆が小さく笑った。

高級料亭ではなく、そこそこリーズナブルな個室居酒屋。和モダンの店内は温かみと洗練されたシンプルさが融合している。ちなみに、店をチョイスしたのは詩織だ。

飯村家の長男坊が『成田さんを誘ってくれたら行くよ』と冗談交じりに断ってきたから、それなら、と試しに詩織を誘ってみると、何とオーケーが出た。なので今、私の目の前に詩織が座っている。

だって私も女ひとりは避けたかった。詩織と私以外は皆、男性なんだもん。

羽柴さんに、副社長に飯村さん。野村さん、そして社長。

それに、詩織だったらこのメンツにも物怖《ものお》じしないと確信している。

「そうですね。新入社員が背伸びしたくらいのお店で、個室、畳の座敷ではない場所というオーダーでしたので」

「小娘のオーダーか」

「そうです。こむ……美和の注文です」

なぜか納得して頷き合うふたりを、ぼんやり眺めた。種明かししなくていいから。

「では、ご注文を受けますよ〜？」

わいわいと賑やかにメニューを囲みながら、飲み物を注文していると、「女の子を入口側に座らせたら、給仕係か配膳係になっちゃうから」という野村さんの助言で、勝手に席替えが始まる。

無表情の社長が、立ったままの私を見上げた。

「……座れば？」

社長のお隣さんも避けたのにな。

「結果、お酌係のような気がするんですが」

一番奥の席に社長。社長の隣に私。私の隣に野村さん。そして社長の目の前に副社長。その隣に詩織、飯村さん、羽柴さんとなっている。

「今、ジョッキで頼んだだろ。で、何を食うんだ？」

メニューを広げてくれたから、隣に座りながら覗き込む。

「野菜食べたいです、お野菜」

「カルパッチョでいいか？　サラダはそんなにないなぁ」

「でもここ、タコわさありますよ。タコわさ」

メニューを示しながら言うと、社長は渋面を作る。

「それだと日本酒が飲みたくなるだろうが」

「どうせ締めに飲むんでしょうに」

「おい、そこ。ふたりの世界に入るな」

副社長にからかうように言われ、同時にメニューから視線を上げ、顔を見合わせる。

これはいけないないな。ニコリと作り笑いを浮かべると、社長は微かに眉をひそめた。

「何だよ」

「いえ。別に」

「本当に仲がいいんだねぇ」

目を丸くしている野村さんを振り返り、ぶんぶんと首を横に振る。

「違います！　普通です、普通！」

「社長に普通にしてるってことが、すでに美和は異常。そういうとこ、本当にマイペースだよ」

目の前の詩織が呟いて、両隣の飯村親子が吹き出した。

「詩織！　あんたもマイペースでしょ！」

「嫌ぁね。私は我が道を行ってるだけだからね」

「つまり、成田さんと美和は似た者同士ってことだろ？　なかなか興味深い」

最後に感心したような社長をじろっと睨んだら、涼しいニヤリが返ってきた。

……ヤバい。ニヤリ笑いも萌えるようになってきたかもしれない。

「社員同士、仲がいいのはいいことだ。副社長たちの時代は役員同士も仲がよかったんでしょう?」

言いながら、社長は最後に副社長を見る。

「ん〜? 一部はそうでもなかったぞ。特に、専務に近づく輩《やから》は社長に睨まれていたしな」

社長と副社長の会話に反応したのは、野村さんと羽柴さんだ。

「あれは思い出したくないですね」

「ああ。野村さんは目の敵にされていたねぇ」

暢気に会話しているのはオジ様たちだけだから、きっと社長のお父様の時代のことなんだろうなぁ。ということは、その時代の専務は社長のお母様か。

「野村さんが目の敵にされていたんですか?」

こんなのんびりオジ様を、目の敵にする人がいるの?

「うん。僕は東野専務の秘書だったしね」

「専務つきになった秘書の女の子たちは、なぜか数ヵ月くらいで寿退職していったからねぇ。専務につくと〝婚期が近づく〟なんてジンクスもあったよ」

野村さんと羽柴さんがカラカラ笑いながら頷いている。それはそれで凄い。

「どんな都市伝説だよ……」

社長の小さな呟きは、私にしか聞こえなかったと思う。

そうしているうちに飲み物が届いて、各々食べたいものを選んで注文し始める。

考えてみれば、メンバーのうち三人は東野一族で、他のふたりは海千山千の時代をともにした秘書課の古株。

私と詩織がちょっと浮いているように見えるんですが。

でもそのうち、話はとても日常的なものにシフトしていって、野村さんのお孫さんがいかに可愛いか、羽柴さんの奥様がいかに鬼嫁か、副社長の奥様がいかに天然かの話になり、ほんのり頬をピンクに染めた詩織が、少しだけ怪訝《けげん》な顔をして私を見た。

「……これって、私が聞いてもいいのかな？」

「うん。たぶん大丈夫じゃないかな」

特に社長と副社長は、素面でもこんな感じで話し始めることがある。甥と叔父で仲がいいのもいいことだ。

「気にしなくてもいいよ。オヤジたちはいつもあんな感じだから」

飯村さんが刺身を食べながら、頷いて苦笑する。

そうしているうちに、誰かがトイレに立ったり、お酌をしに行ったりしていると、自然と席は替わっていた。


「さすがに、膝の痛みの話にはついていけない」

いつの間にか、オジ様たちで固まって話し始めている。そこから逃げ出してきた社長が私の隣に座り、どこか諦めたように熱燗《あつかん》を傾け始めた。

「あれ？　それって副社長が頼んだお酒じゃないですか？」

「いいんだよ。追加注文したから」

……あ、そう。

「ところで、お前らはくっついたのか？」

社長が目の前の飯村さんと詩織を眺めながら、からかうようにニヤリとする。

「いいえ」

詩織がきっぱり答えて、飯村さんが何とも厳しい顔をした。

「何だ。孝介にしては手をこまねいてるんだな」

「隼兄はうっせー。だいたい言うことジジくさくなってんぞ」

「仕方ないだろ。いい年した人とばっか話してんだから」

「六歳も年が離れていれば、次第にそうなるんじゃないですか？」

飯村さんと社長の年の差って、それくらいだよね？　だいたい社長って普段から偉そうだし。

つい口を挟んだら、社長は無言でお猪口《ちょこ》を突き出してきた。

「何ですか。飲めって言うんですか」

「それ以外に何があるんだよ。まぁまぁうまいぞ？」

「私、今日は酔わないで帰るつもりだったのに」

お猪口を受け取ると、社長は上機嫌になって、なみなみとお酒を注いでくれる。

「まさかだろ？　途中で帰るなら、ちゃんと送っていってやるから安心しろ」

「嫌ですよ。この間も小杉さんの家まで強制連行したくせに」

「朝飯食いたいなら、また連れていくが？」

お猪口をテーブルに置き、飄々とおかしなことを言っている社長に呆れた。

「馬鹿じゃないですか？　そういうことは言ってません。しかも途中で帰るならって、いつまでいるつもりですか」

「とりあえず朝までだろ？」

当たり前のように言われて私と詩織がちょっと引いた。マジか、この男。

そして閉店間際まで飲んで店を出ると、「次はどこの店にする？」と言う社長に、オジサンチームは音を上げた。

「若者にはついていけないよ」

羽柴さんが苦笑して、野村さんは朗らかに笑っている。

「孝介。送り狼《おおかみ》は今どき流行《はや》らないからな」

最後に副社長が、よくわからない苦言を残して帰っていった。

「送り狼ね。よく言うよな」

オジサンチームの姿が見えなくなった途端、ボソリと呟いた飯村さんに、詩織が不思議そうな顔をする。

「うちの両親の馴《な》れ初《そ》めが、それなんだよ」

へぇ、副社長は送り狼になったんだー。想像つかない。

「馴れ初めか。親に似るもんかな？」

「隼兄んとこは違うだろ。伯父さんが支社の営業所長だった伯母さんにひと目惚れしたんだから」

「じゃ、うちはひと目惚れ体質か」

飯村さんと話していた社長を見ていたら、ふとした拍子に目が合った。

「お前はひと目惚れする？」

「いい男には萌えます」

目の前の男性ふたりの目が点になる。何だかそれが面白くて、へにゃりと笑うと、社長が慌てたように私の顔を覗き込んだ。

「おい？　まさかお前、酔っているのか？」

「そんなわけないじゃないですか。酔った人はもっとろれつが回らなくて、フラフラと歩いているものです。ねぇ、詩織？」

「酔ってますね。言っておきますが、もう少し経たないと酔っぱらいらしく見えませんからね。酔いが醒め始めると、少しは酔っぱらいらしく見えます」

やたら冷静にそんなことを言う詩織を、ぷくっと頬を膨らませて睨む。

「酔ってないからね！　もう一軒行こう、もう一軒！　せっかく社長の奢りなんだし、こんなこと二度とないよ！」

「言われなくても、これからも奢ってやるから。お前は少し落ち着け」

これから……なんてないでしょう？　社長はただの社長に戻るんだし、私はただの秘書補佐に戻るし。

　会社で廊下を通り過ぎる社長を、ただ私は眺めているだけになる。

「美和……？」

　見上げた社長の顔が、ゆらゆらと歪んで揺らぐ。

　彼は驚いたように目を見開いて、それから慌てたような顔をして、いきなり私を頭ごと抱え込んだ。

「お前の酔い方は特殊だな。泣き上戸か」

「泣いてません！」

「どこがだよ。天邪鬼《あまのじゃく》すぎて、たまに困るぞ、お前」

「だから」

『泣いてない！』という言葉は、そのまま抱き寄せられて消えた。

「社長、シャツにメイクがつく」

「おお。口紅でも何でもつけてくれ。ある意味、男冥利だろ」

「洗濯物、増えるだけじゃないですか」

「気にすんな。クリーニングに出すだけだから」

　ああ、やっぱりクリーニングに出すんだ。

スンスン鼻を鳴らしながら、温かさにホッとしている自分がいて困る。そして、その体温にじわじわと恥ずかしさが込み上げて……これは、悶え死ぬ！

でも離れようとすると、社長の腕が邪魔をして離れてくれない。しばらくジタバタしていたら、呆れたような飯村さんの声が聞こえた。

「解散かな？」

「そうだな。これ、どうにかしなきゃいけないだろ」

社長の声が聞こえて、クスクスと詩織の笑い声も聞こえる。

「オーケー。じゃあ俺は成田さんと帰るから、頑張って。泣いている女の子には優しくな？」

「孝介はうるさいな。お前らさっさとどこか行け」

「はいはい。じゃ、帰ろうか、成田さん」

ちょっと待って。置いていかれるの？

慌てたけど、社長はますます私を自分の胸元に押しつけるから、慌てて口元を押さえ、私の抗議の言葉はもごもごと掻き消えてしまう。

「落ち着け、美和」

静かな声で囁かれて黙り込むと、人の気配がなくなっていて、遠くを走る車の音と社長の心臓の音だけが聞こえてきた。

社長……ドキドキしている。お酒が入っているからか、ちょとだけ速い鼓動。

心音って、聞いていると落ち着いてくるって本当なんだな。

何だか心地よくなってきてもたれかかると、いきなり抱きかかえられた。

「ひゃ⁉」

新鮮な空気が顔に当たって、涙の痕がひんやりする。気がつけばお姫様抱っこされていて、ギョッとした。

「しゃ、しゃちょお？」

見上げると、不敵に笑った社長。

どこか悪巧みしていそうな顔に、落ち着いていたはずの心臓がフルスピードで動き出す。

「少しろれつが怪しいな。酔いが醒めてきたようにも思えないが」

そんなことを言いながら歩き出すから、余計に慌てる。

「思えなくて結構れす！　歩けますから、離して離して！」

「暴れると落とすぞ」

それは嫌だ。

思わずギュッと身体を硬くしてスーツのジャケットを掴むと、複雑そうな表情を返されてしまった。

「お前ね？　さすがの俺も、女を放り出すような真似はしないぞ？」

「わかりませんもん。社長、たまに悪ガキになるから」

「うーん。それは否定しきれないから、反論が難しいな」

自覚はあったんだ。

「だがな、俺は『女の子は大切にするように』と育てられているから、そこは安心してくれ」

ああ、そうですか。じゃあ、『女の子に恥をかかせちゃいけません』とは、ならなかったのかな。私は誰かに運ばれるなんて初めてで、恥ずかしいんですが。

もじもじがバレたのか、小さく笑い声をあげて社長は目を細めてきた。

「時間帯的に、そんなに人がいるわけでもないんだから気にするなよ」

「だからといって、落ち着けません」

ブツブツ言っているのを無視して、社長はズンズン歩いていく。

「……どこに向かっているんですか？」

「次の店」

「え！　まだ飲みに行くつもりですか？」

「冗談に決まってるだろう。確か駅前に、まだ営業してるコーヒーショップがあるから、そこで少しゆっくりしよう」

　そうして辿り着いた暗い駅前では、酔っぱらって眠っちゃっている人や、始発待ちの若い子たちのグループがたむろっている。口笛で冷やかされながら、社長はしれっとした顔で私を下ろすと、今度は手を繋いでコーヒーショップの自動ドアをくぐった。

「いらっしゃいませ」

　入った途端に薫るコーヒー豆のにおい。ガラス張りの店内は明るくて、眩しさに目を瞬《しばた》かせてから、早くもブラックコーヒーを頼んでいる社長を眺める。

　社長がこういったお手軽なコーヒーショップを使うとは、思っていなかったかも。

　面倒だろうに手を繋いだまま、片手で支払いを済ませると、淹れられたばかりの紙コップのコーヒーを小さなプラスチック製のトレイに乗せて、社長は空いている座席に向かう。

　フラフラしていないから、手は放してくれてもいいのに。でも、ひんやりしていて、火照《ほて》りのある肌には心地いい。

社長はトレイをテーブルに置いて、私の手を放すと椅子を引いてくれた。

「……ありがとうございます」

「コーヒーに砂糖、いるか？」

「私はブラック派なので、いりません」

ぼんやり座った私の顔を覗き込み、社長は眉を上げてから目の前に座る。

「酒は抜けてきてるのか？　お前はあまり顔に出ないんだな」

「はあ……」

どうなんだろう。酔っぱらうと身体の中がメラメラしている気がして、『あっついな』ってなる。

「だとすると、急性アルコール中毒には気をつけないと。いや、今日のは俺が悪いか」

「いいえ。途中で私も飲みすぎたかなって思いましたから。これは自業自得です」

目の前のコーヒーをふたりで同時にすすり、そして沈黙が落ちた。

真夜中の店内は、客もまばらでとても静かだ。受験生なのか、たくさんの本を置いて必死になってノートに書き込んでいる男の子もいるし、ぼんやりと外を眺めているオジサンもいる。カップルだと思うけど、お互いにスマホを見ながら赤の他人みたいにしている人たちもいたりして、どこか不思議な空間。

目の前の男性は、高級なイタリア製のスーツと革靴をさりげなく身につけて、長い時間、居酒屋で飲んでいたとは思えないくらいなごやか、かつ爽やかに座っている。

真夜中っていうより、どちらかというと清々《すがすが》しい朝に自らの執務室にいるのと変わりないかも。ある意味で凄い。

「せっかく楽しんでいらしたのに、ご迷惑おかけしてすみません」

指先でコーヒーの紙コップを持ちながら、社長は怪訝そうな顔をした。

「別に迷惑だとは思わないが。俺にも大学生だった時代があるからな。学生時代の飲み方ほど、無茶で傍迷惑なもんもないだろ?」

「大学生だった時代は、私は勉強ばかりしてましたから。飲みにも誘われませんでしたし」

わからないなぁと思っていたら、重々しく頷かれた。

「ああ、うん。何となく想像できるのは、リクルートスーツのお前を知っているからだろうな。それで、落ち着いたか?」

「はい。酔いも醒めてきたみたいです」

女が酔っぱらうなんて、だらしないとか思われたかな?

でも今さらかもな〜。社長に酔っぱらい姿を見られたのは、これで二度目だし。

「そうか。それなら泣いた理由を聞こうか」

座り直す社長に、思わず驚愕してしまった。

泣いた理由を、真正面から聞いてくる人は初めて見たよ。

でもって、彼は〝超〟がつくほど真顔になっている。

「大変だったのはわかる。見た感じだと、お前は事の成り行きと経緯について、成田さんにも言っていないんだな？」

えーと。それは、社長と私の噂についてなのかな？

「詩織は、言わなくても何かがあるんだろうとは予測がついているみたいなので、問題はないと思います」

〝事実を知っているのは少数〟を、ちゃんと守っていますよ、私は。

「俺はまた、何か暴言吐いたか？」

「暴言なら、私の方が吐いている記憶があります」

たまに変なことを言っても、あなたは暴言らしい暴言は言わないと思うな。やっぱり育ちがいいと、そういうものだろうか？

不思議に思って社長を見ると、難題に向かっている哲学者みたいな気難しい顔をしてコーヒーを飲んでいた。

「仲のいい友達は問題ない。俺が何か言ったのかと思えばそうじゃない。邪険にしても、最初の一週間を問題なく淡々とこなし、噂になってもブツブツ言いながら飄々としていたお前が、何を理由に泣くんだよ」

……困った。追及する気が満々なんだな。

理由か。理由はあってないようなものだと思う。

あなたは単に、『これからも奢ってやるから』って言っただけ。これからなんてあるはずがないのに。

臨時で秘書になるまで何の接点もなく、朝の挨拶すら交わしたことがなかったのに。

その臨時秘書も、来週からは表向きはそうではなくなる。

そんな私と社長に、何をまかり間違って奢ってもらうタイミングがあるというんだ。できない約束はしない方がいい。

そう思ったのと同時に、きっと〝これが最後〟なんだと感じた。

最後なんて嫌だ。でも、その気持ちは私のわがままだ。最初からわかっていたことだもん。野村さんが復帰したら終わること。

そのはずなのに、永続的にこの関係が続けば嬉しい。そんなことを思ってしまう。

それは自分勝手だ。

だいたい社長は〝そういった関係性〟は煩わしいんだし。だから今みたいな状況になっているんだから。そして私には時間的余裕がない。

意を決して社長を見ると、なぜか彼は引くような素振りを見せる。

「何だよ」

「女はわけもなく、泣きたくなるときがあるんです。突きつめるのはよくありません。それに私が泣いたとして、社長は私にその理由を問えるような間柄ではありません」

きっぱりと言ったら、社長の顔色が少しだけ陰った。

こんなこと、言われなくてもわかっているんでしょう？

「今は噂の出どころの立場上、少しだけ関係がややこしい面はありますが、これは業務なのでしょう？」

呟くと、彼の表情は感情が一瞬にして無になる。

「私、これが終わったら婚活しようと思ってます」

「……もう？　まだ二十六だろう？」

「子供は三人欲しいってお伝えしましたよね？　私が三人兄弟の長女だからかもしれませんが、賑やかな家庭がいいなって思って」

こんなこと社長に言わなくたっていいのに、スラスラと言葉が出てくる。

「子供と元気に遊ぶことを考えたら、若いうちの方がいいと思うんですよね。逆算してみたら、体力的にもあまり時間はないみたいで」

「年子だとまだ余裕だろ」

彼の言葉に呆れ返ってしまった。

「あのですね。子供ひとり育てるの、どれだけ体力勝負だと思ってるんですか。手伝ってくれる人がたくさんいるわけじゃないんですよ。それに、年子だと学費の時期に大変。その辺りは将来の旦那様と相談ですが」

皆が皆、社長みたいに高給取りってわけじゃないんだからね。

とりあえず国公立の学校を選んだって、一般的には子供ひとりに一千万円かかるとか雑誌で読んだ。それを考えたら下準備も必要。

うーん、と悩んでいたら、今度は社長が呆れたような顔をしていた。

「ずいぶん、具体的になったな」

ええ。まぁ、いろいろ考えたら、そうなるっていうか。

でも子供は授かり物だし、もしかしたらひとり目が授かるまで数年かかるかもしれない。もちろん思うようになんていかないでしょう。

夢を見るだけなら簡単だ。夢にいかに近づけるかは自らの努力だと思う。何もしなければ何も始まらないでダラダラするだけだし。

社長に対する思いに、見切りをつけるのも、そのひとつだと思っている。

「ですから……」

右手につけたリングを見下ろすと、ゆっくりとそれに手をかける。

冷たい感触が指先に伝わってきて、少しだけ躊躇った。

これは特別なものじゃない。そう思って引き抜くと、あっけなく指輪は抜けてしまう。何もつけていない指は何となく寂しくて、どこか違和感があった。

でも、これをいつまでもしているわけにはいかない。テーブルにコトリとリングを置き、社長の方へ差し出すと、彼は真顔で見つめた。

「特別ボーナスだと言わなかったか？」

「洋服もいただきましたし、アクセサリーは他にもいただきました」

「だったらこれも、気にせずにもらっておけばいい」

それは〝何とも思っていない〟から、言える言葉なんだろうな。

「報酬のリングはいりません。私には、男の人の考え方はわかりませんが」

何の気持ちもない贈り物は、ただの物品にしかならない。

社長の恋人として見えるように買われたワンピースやスーツ。社長の恋人らしく、高価なプレゼントに見えるように買われた装飾品。

すべてがカモフラージュの偽物たち。そんな意味のないものはいらない。

社長はじっとテーブルに置かれたリングを見つめ、それを指先でつまんで黙り込む。

何を考えているのか推し量ることもできない無表情。そのままの視線を、まっすぐに私に向けた。

「これで、この茶番は終わりかな?」

静かな問いは、とても小さな声でなされる。

「ええ。終わりです」

言いながら、ニッコリ微笑んだ。

……願わくば、本当の笑顔に見えますように。

いろいろとやめます。

月曜日に以前のように秘書課へ出社すると、春日井さんが近づいてきた。

「西澤さん、指輪していないの？」

綺麗な顔をしかめさせて、まじまじと私の右手を見つめている。

「春日井さんにとっては、いいんじゃないの？　つまり、そういうことなんだから」

右手をヒラヒラさせながら自分の席に向かうと、なぜか新鮮な気分がする。

正確には久しぶりなのに、ちょっと不思議だな。

「しかも服装がいきなり戻って、また野暮ったくなってるじゃない。西澤さんは紺と黒と茶系が好きなの？」

いや、好きというか。そりゃ今日は茶系のスーツを着ている。これだと汚れても目立たなくていい。

ところで、春日井さんのデスクは入口近くで私と離れているはずなのに、どうして後ろについてきているんだろう？

「季節はもう秋になりますし、おかしくはないでしょう？」

「おかしいと思う」

あっさり断言されて、目を見開いた。

「女は男がいなくても、お洒落を楽しむべきよ。それに、自分のために女が着飾っているのと勘違いしている男なんて絶滅すべき」

どうしたどうした、ミスクイーン春日井。

「何かあったの？」

「先々週、痴漢にあったの！」

くわっと口を開いた春日井さんの勢いに押されて、思わず椅子に座り込んだ。

「もちろん爪で引っ掻いて、捕まえてやったんだから！　駅員に取り押さえられた男が何て言ったと思う？」

「わ、わからない」

「そんな派手な格好してたら、誘ってるのも同然だって言ったのよ！」

それはそれは、ご愁傷様です。

「女がお洒落してたら自分のために装ってる、なんて考える方が、頭沸いてるのよ！　自分のためのお洒落だってあるわけ。それを誘ってるとか勘違いも甚だしい！」

「はあ……」

うーん。これは何と返事をすればいいんだろ。

「だからね！　西澤さんも社長にフラれたからって、地味になる必要はないの！　どうせなら見返すくらいに綺麗にならないと！」

うん。普通に社長に買ってもらったスーツは春夏物で、単に秋冬物までなかったから、今日は私の持っていたスーツを着てきたというのが理由。

だけど、何となく、春日井さんが私を励まそうとしているらしいことはわかる。

彼女の頭の中では、私が社長にフラれて意気消沈して、元の地味な格好に戻った、という図式が展開されているんだろう。

「でも、他に持ってない」

「ないなら買うのよ！」

「でも、スーツ高いし」

「あなたはどこの会社の秘書をしてるの！　貯金に熱を入れてるんじゃないでしょうね！　のんびりしてたらあっという間にお婆《ばあ》ちゃんになって、しかもひとり暮らしの年金暮らしまっしぐら！」

どうしてそうなるんだ。

「女はね、綺麗にして、いい男を捕まえないと。装うのは義務よ、義務！」

自信満々の春日井さんにびっくりしていたら、隣の席から拍手が起こった。

「横暴だけど、ある意味賛成。美和は家庭に入ることを目指してるから、男を捕まえるためには綺麗に装うのはいいと思う」

「詩織……」

詩織はうんうんと頷いて、私の肩をポンポン叩く。

「美和のセンスは酷いもんよね。あのスーツは社長のお見立てだったの？」

「だと思う。ワンピースを買ったお店で、社長が見繕ってくれとか言っていて、勝手に届けられたから、店員さんが最終的に選んだのかな？」

おそらく店員はニッコニコしながら、一応、社長の好みも取り入れて選んだんだろうと思う。

「そんな高そうなお店で買わなくてもいいじゃない。知り合いのアパレルメーカー紹介するから」

春日井さんがキリッとした顔で私たちを見下ろした。

「それに玉の輿を狙うなら、やっぱり綺麗にしておかないとでしょ。枯れ葉色のスーツじゃねえ？」

枯れ葉色。せめてダークブラウンと言ってほしいよ。

「玉の輿はいいかなぁ。気疲れしそうだもん」

「西澤さんは夢がないのねぇ」

しみじみと、なぜか悲しげに呟く春日井さんに思わず吹き出した。

考えてみれば、私と詩織と春日井さんは同期のはずなのに、こういった話はしたことないよね。

「よければ、今日の帰りに買いに行かない？　私もそろそろ新しいパンプス欲しいんだ。ちなみに、私の知り合いのところなら安くしてもらえるから」

春日井さんが満面の笑みを浮かべると、すかさず詩織が手を上げる。

「それなら、私も行く！」

「成田さんは誘ってないから！」

「そう言わず〜。私も新しい服が欲しいし」

キャンキャン言い争うふたりを眺めながら、苦笑した。仲がいいのか悪いのか。

正直、春日井さんが私を慰めようとしているのが驚き。女王様は女王様で、根は悪い人ではないらしい。他人事で眺めているうちに、なぜか三人で買い物に行くことが決定されているし。

どっちでもいいか。そう思っていたら、ちょうど廊下を社長が歩いている姿が見えた。野村さんと会話しながら、渋い顔をしている。

今日の予定に、地味に難癖つけているのかなぁ。予定的には取引先との会食も会議も入っていたよね。

頬杖をつきつつ眺めていたら、通り過ぎようとした社長が顔を上げ、秘書課に向き直るから目が合った。

え？　社長、今まで普通に通り過ぎていたよね？

驚いた私と、瞬きして一瞬立ち止まった社長。彼は野村さんに何か言われて歩き出した。

何だろう？　でも、私には関係ないか。

そのうち業務が開始し、羽柴さんにミーティングルームに呼ばれて打ち合わせを始める。

「常務の方の仕事は、ある程度減らしてもらっているから」

「え。前からも、平常時にそんな大量にはありませんよ？」

けろっと言うと、羽柴さんが目を丸くした。

「そう？　君が社長についている間、代わりに常務についていた春日井さんは文句たらたらだったよ？」

「それは春日井さんには、彼女なりのペースがあるからでしょう」

書類一枚増えただけでも、春日井さんは文句を言うもん。

「とりあえず、西澤さんはモロに関係者だから伝えるね。君も関わった事業部の件があるでしょう？　あの工場だけで処理しきれる内容だとは、社長も副社長も思っていなくてね」

「え……？　それって？」

どういう意味で？

「つまり、本社の人間も関わっているかもしれないっていう疑惑も出てねぇ。そうなると、こちらの動きを悟られるわけにはいかないから、西澤さんが臨時秘書から降りたのは、とてもタイミングがいいと思って」

事業部の件もあるから、私はしばらく野村さんの補佐につく予定でしたが……。

「もっとしっかり関われということですね？」

「そういうことなのさぁ」

笑顔の狸オヤジ、もとい羽柴さんに苦笑した。

「大変そうですね」

「うん。今回、特別ボーナスもらっても怒られないと思うよ？　何なら、かけ合おうか？」

特別ボーナスかぁ。その言葉はあまり聞きたくないなあ。

やんわり笑顔の羽柴さんを眺めつつ、首を傾げた。

「じゃあ、お見合いのセッティングをお願いします。誰かよさそうな人を紹介してください」

「え⁉」

羽柴さんは仰天したように私をまじまじと見て、それから何もつけていない右手に目を丸くする。

「いつの間に！」

「この間の夜です。あ、でも、仕事はちゃんとしますから、そこは安心してください」

「えぇぇ～？　何だろうなぁ。うまくいってると思ってた。申し訳ないような気がしてきたよ」

項垂《うなだ》れる羽柴さんに、思わず笑ってしまう。

私と社長が〝そのように〟見えるようにしていた一部始終の事情を、羽柴さんが知っているのかは読めない。でも心配はしてくれてるみたいだよね。

「私は結婚願望が強いんです。結婚願望が薄い人とは合いません」

そう言うとなぜか彼は納得したような、やっぱり納得できないような、どこか微妙な顔をする。

「でも西澤さん、あなた面食いじゃないのかい？」

「は……？」

思わず間抜け面を晒しちゃったよ？

そりゃ、私は自他ともに認める面食いですよ。それって仲のいい詩織はともかく、どうして羽柴さんが知っているの？

「秘書課に来た頃からずーっと、社長が朝通るたびに、こっそり嬉しそうな顔をしていたでしょう？　あれは誰でもわかるよ。だからよかったなあって思っていたのに」

気づかれていたのなら、めっちゃ恥ずかしい！

いや。でも、その当時はただウハウハ見ていただけだし。どうこうなりたいとか、そんなことを考えたことは全くないし。

「えーと。その、私は分不相応な希望は持ちませんが？」

「でも、社長と付き合っていたんでしょう？」

それを言われると、『臨時秘書の業務だと言われていました』とは言いにくい。

羽柴さんは、事実を知らない方の部類らしい。

「人生計画をしたんです」

呟くようにして言うと、羽柴さんは無言で先を促した。

「まだ夢でしかないですが、叶《かな》えるためには早々に婚活しないといけません。合コンを春日井さんにお願いすればいいかもしれませんが、下手すると遊びに付き合わされそうですし」

「かなり真面目に考えてるんだ。僕はずっと総務部秘書課だから、ツテはあまりないんだよなぁ……」

何か考えるようにして私を眺めた後、彼は息を吐いた。

「女の子は、長い恋愛に冷めると次が早いって本当だねぇ」

「なんですか、それ」

「わかった。お見合いについては早急に相手を探してみるよ。それから、理解しているとは思うけど、事業部の件については秘書課では僕と君、そして役員秘書の一部しか知らないから。他言無用にお願いします」

「もちろんです」

そんなことを言いながら与えられた任務は、とりあえず監査室とのパイプラインらしい。ひっきりなしに監査室の人が秘書課や重役クラスの執務室に出入りするのは危険だよね。気がつかれたら、『何かあったのかもしれない』って噂になりそうだもん。

ここ最近、私は噂に流されたり巻き込まれたりしているなぁ。生きている以上、それはそれで仕方がないことなんだろう。

ふと、脳裏に描いたのは、大きな歯車だった。

どこで見たのかは忘れてしまった。小さな頃に見学させてもらった大きな時計塔のたくさんの歯車たち。

大きいのもあれば小さいのもあって、規則正しく噛み合わさって時間を刻んでいた。歯車の動きが悪くなれば油を注《さ》して、また動き出す。

噛み合うように、合わせるように作られて、他人の力に巻き込まれて動き出し、また自らが他の歯車を巻き込んでいく。

「西澤さん？」

羽柴さんに呼ばれて、我に返った。

「あ、はい！」

「君はたまに、自分の世界に瞬時に入っちゃうよね？」

呆れたように言われて、じわじわ恥ずかしくなってくる。

「すみません。えーと」

「うん。じゃあ仕事に戻ろうか」

促されて立ち上がると、秘書課に戻って仕事に取りかかった。

すました顔でデスクに向かい、パソコンを開いてから椅子に座る。

メールが来ていたからそれを開いて、読むフリをしながら頭を抱えそうになった。

いろいろと恥ずかしい……！

詩織以外の人に、社長を眺めていたのがバレていたとか。もしかして『地味クイーン』が、人知れずに『社長を好きなんだな』とか他の人に認識されていたのなら、今すぐ、穴を掘って埋まりたい！

「美和、どうかした？」

詩織が声をかけてきたから首を横に振り、それからきちんと椅子に座り直した。

仕事しよう、仕事。所詮、私は大きな歯車を動かす小さな歯車に過ぎないんだしさ。

たくさん頑張らなくちゃ。

しばらく経つと、変則的な仕事のやり方にも慣れてくる。

監査室から私宛にメールが来て、私が監査室に向かう。そこで調査報告書を渡されて、それを常務の執務室に持っていく素振りで、社長秘書室の野村さんに持っていく。

たまに野村さんの通常業務を手伝ったりもする。

そんなに極秘にしたいなら、直接メールでやり取りしたりデータを調べたりした方が目立たなくていいと思う。

「それは、今は難しいかな。どこの部署からどこのデータにアクセスしたとか、どこの誰がどこの誰宛てにメールしたとか、データ管理室に内通者がいたらすぐに調べられるから。役員は何かと目立つよ」

質問をぶつけた野村さんの言葉に頷いた。

「私は臨時秘書を降りて、常務の秘書補佐に戻っているから、注目度も低い、ということですね？」

「そういうこと。今、真っ先にデータ管理室を内部調査中だから、それまで使いっ走りみたいになるんだよね。ごめんね」

「それは構わないですが」

閉じられた執務室のドアにチラッと視線を送ってから、首を傾げる。

社長はちゃんとご飯を食べているんだろうか。毎朝、通り過ぎる横顔を見ていると少しだけ痩せたようにも思える。でも私が口を出すことではないし。

考えていたら、野村さんは小さく笑った。

「……心配？」

「え。な、何のことですか？」

「傍から眺めていると、若い人たちは余裕を持ちすぎて空虚な時間を過ごしているなあって、じいじは思ってしまうんだけどね」

溜め息交じりに笑って、野村さんは書類の角をトントンと揃える。

「最近、土日も仕事しているし、よく昼食を忘れるね。夕食も食べているんだか。あの子は少し責任感が強すぎると思うよ」

何のことだろう？　会話の流れからすると、社長のことを言っているのはわかる。

「役員の方たちって、どこか社長に対してアットホームですよね」

「まぁ、僕らの年代だと、父親の前社長にまとわりついて、グズっていた鼻タレ小僧の彼を知っているからねぇ」

「……鼻タレ小僧」

「学校が終わると、社長室か専務室にミニカーを持って現れて、よく遊んでいたよ。ときどき、会長の畑を荒らして怒られたりね」

そこまで言って何を思い出したのか、野村さんが大きな声で笑った。

「このフロアの壁が、全面ガラス張りになった理由を思い出した。確か、社長が何も言わずに行方《ゆくえ》不明になって、えらい大騒ぎになったんだ」

ん……？　それって、もしかして。

「結果、秘書課で羽柴と戦隊ゴッコをしてるのが見つかって、どこに隠れるかわかったもんじゃないと全面ガラス張りにしたんだよね。しばらく社長が『かくれんぼができない』と、おかんむりだったよ」

あまりにも微笑ましいエピソードに、思わず笑ってしまった。

「社長はたくさんの人に愛されて育ったんですね」

「まぁね。小さな頃から度胸だけはあったし、警備員の目を掻いくぐって会社に来ては、小杉さんと一緒になって叱られていたよ」

野村さんはどこか懐かしむように微笑んで、それから困ったように首を傾げる。

「若いうちは、回り道もたまにはいいよね。そのとき、その場じゃないと知らないことを知れるから。でも、過信はしないようにね。人間、いつどこで何があるかなんてわからないんだし」

「……まぁ」

そうでしょうね。

「幸い、僕は脚を骨折するくらいで済んだ。跳ね飛ばされて倒れる瞬間に思ったことは、これで人生終わったかな？ってことと、もっと孫と遊んでいたかったなってことかな」

淡々と、にこやかにおっしゃっている野村さん。でも、それは死を意識した瞬間なのかな。

「野村さんじゃないと言えないことですね」

「社長にも言えるはずなんだよね。彼は両親を一度に亡くされているんだから」

そうですね。きっと、何も感じなかったわけじゃないんだろう……。

「もう少し、社長はわがままでもいいと思わないかい？」

そう聞かれて、めちゃくちゃ嫌な顔をしてしまった。

「あれ以上わがままになられたら困ります。人が将来的な話をしたら、『年子ならまだ余裕だろ』とか言ってくるんですから」

怒って言うと、野村さんは目を丸くして、そして吹き出した。

もう、笑い事じゃないです！

「君たち、そんなことまで言い合っていたの？　でも、あれだよね。君は単に社長に頼まれて、女除《おんなよ》けしていただけだよね？」

ああ。野村さんには事情を話しているんだ。

「そうです。そもそも業務の一環だったんですが」

考えてみれば、めちゃくちゃプライベートな話をしているんだよね。いや、あの夜も、そんな話は社長にしなくてもいいはずなのに、とか思っていた？

どっちにしろ、社長には私の婚活なんて関係ない話だった。でも、どうしてそういう話になったんだったかな？

まぁ、いいか。

「では、そろそろ戻ります。これ、おすそ分けしておきますね」

ポケットからチョコバーを二本取り出してデスクに置くと、野村さんが笑いながら頷いた。

「コーヒー頼まれたときに、お出ししておくよ」

からかうように言われて、顔が熱くなる。

「え。い、いえ。どうぞ野村さんが召し上がってください」

それだけ言うと、秘書課に逃げ帰った。何なんだろうな、全く。

「美和、おかえり。何かあった？」

詩織が訝しげにこちらを見ている。

「ううん。別に？」

「さっき羽柴さんが探してたよ」

「羽柴さんが？」

何だろう？　社長にお持ちする書類は、すでに野村さんに渡したし、見回しても羽柴さんの姿はないし。

「喉が渇いたって言ってたから、下に何か買いに行ったんじゃないの？」

「急いでるみたいだった？」

事業部絡みの件なら、私が不在のときには羽柴さんに連絡が入るからなぁ。

「どうだろう。羽柴さんってば、大騒ぎのときでも悠然としてるから」

古狸は読めない人だからなぁ。

でも用件が至急なら困ると探し歩いたら、階下の休憩室に姿を見つけた。

「羽柴さん」

缶コーヒーを傾けていた羽柴さんが、慌てたようにそれを背中に隠す。

「やあ、西澤さん。探したんだ」

挙動不審だから。しかも、あなたは私を探していなかったでしょ。

思わず胡乱な視線を送ると、近くから小さな笑い声が聞こえ、誰だろうと思って振り向くと飯村さんが立っていた。

「あれ？　飯村さん？」

何でこんなところに？

「ダメですよ、西澤さん。羽柴さんは甘いコーヒーを医者に禁止されてるからこっそりしてるのに、それを見つけたら」

「え。そうなんですか？　じゃあダメですよ、羽柴さん」

キリッとして言うと、古狸は唇を尖らせて拗ねた顔をする。

「全然、可愛くないです。ときめきません」

「君はたまに馬鹿正直で困るよ」

とてつもなくがっかりされた。

「いいんです。それよりも、私を探されていたようなので、探しました」

「切り替えの速さも尋常じゃないね」

悪口にしか聞こえないけど、気にしないことにしよう。

「それで、えーと。監査室から何か？」

目の前にその監査室の飯村さんがいるから、聞くのは何とも微妙。

すると、飯村さんは眉を上げただけで、羽柴さんはパタパタと自分の顔の前で手を振る。

「ああ！　いや。そっちじゃなくて、個人的に頼まれていた方。かなり急になってしまって申し訳ないけど、やっと先方の都合がついてね。明日の土曜日にどうかな？」

「明日の土曜日……？」

唐突に言われて、眉根を寄せた。個人的に頼まれていた方、って。

「あ！　お見合い！」

言ってしまってから、飯村さんのギョッとした顔と、羽柴さんの困ったような笑顔に頬を赤らめる。

今のは私は悪くない。こんなところでそんなことを言い始めた羽柴さんが悪いんだ。

「まぁ、とりあえずそういうことだから。土曜日の予定は空けておいてね？」

「は、はい。ありがとうございます」

「じゃあ、僕は先に戻ってるから。後で釣書を渡すね」

半笑いで羽柴さんを見送ると、これまた見事な作り笑いの飯村さんに見守られていたことに気づく。

……うう。いた堪れない。

「西澤さん、お見合いするの？」

飯村さんはそう言って、持っていた缶コーヒーのプルタブを引く。

「はい。私もいい年になりますから。結婚して、子供は三人は欲しいですし。育てる体力を考えたら、二十代のうちに生みたいかなって思います」

「うわ。かなり具体的だね」

「全然具体的ではありませんよ。これは単なる夢なんですから」

　夢を描くのは自由でしょ。

「ふうん？」

　何か含みのある『ふうん？』に聞こえるのは、気のせいでしょうか？

「でも、結婚しても仕事は続けるんでしょう？」

「辞めるに決まってるじゃないですか」

「辞めるに決まってる……の？」

「朝から晩までフルタイムの仕事は、子供がいたら私には難しいです。働いたとしても短時間のパートでしょうか。うちの会社でパートさんといったら事務系ですが、それでも六時間勤務ですし」

　調べたもんね。無理なく育児をしながら、と考えると辞めざるを得ないんじゃないかなぁ。まして、生まれたては無理でしょう？

「西澤さんは、子供好きなんだね」

「好きですよー。ふにふにプクプクで可愛いじゃないですか」

「可愛いだけじゃないでしょ？」

「たまに『このやろー』とか、なるとは思います。でも、うちの弟たちの生意気な口をいつか縫いつけてやろう、とか思いつつも、可愛くて仕方がなかったですもん」

ニコニコしながら言うと、飯村さんはどこか優しく微笑んだ。

「ああ、それは何となくわかる。うちも弟いるし」

「飯村さんのお宅は、男の子だけと伺いました」

「うちは男ばかり三人。俺が長男。夕方はいつも隼兄がいたから、四人兄弟みたいだったね」

社長と飯村さんは幼い頃から仲がいいんだろうね。

小さいときは小杉さんと勝子さんに可愛がられ、少し大きくなってからは会社の皆に可愛がられ、とても大切にされてすくすくと育ったんだろうなぁ。

「西澤さん、聞いてもいい？」

「なんでしょう？」

「西澤さんって、隼兄のことが好きだよね？」

うん。その通りなんですが、なぜにそれを爽やかにあなたに言われないといけないんですかね。

じろっと睨んだら、彼は苦笑しながらコーヒーをひと口飲んだ。

「あー……うん。ゴタゴタには巻き込まれたくないのにねぇ」

「なんですか、それは」

飯村さんは少し考えるように沈黙すると、ゴクゴクと缶コーヒーを飲み干す。

「ところで、個人的に折り入って話があるんだ。もう少しいい？」

また、社長のことで何か言われるんだろうか。

身構えると、彼は爽やかスマイルを浮かべた。

「成田さんが好きそうなスイーツって何か、教えてくれない？」

「へ……？」

思わずコケそうになって、慌てて体勢を直す。彼は彼で大変そう？

「詩織は、その？」

「彼女、難攻不落だよね。落とすコツとかないかな？」

詩織の場合、結婚を持ち出さなければいいんだと思う。でも、さすがに私の言うことではないし。

「頑張ってください……」

「そのつもりだよ。うちの家系は気長な人も多いけど、見つけたら手放さないから、覚悟してほしいよね」

どこまでも好青年風の笑顔とは裏腹に、突きつめると怖い言葉を聞いたかもしれない。少しだけ寒気がしたのを無視して、ただ愛想笑いを返した。


「ねぇ、西澤さん。婚活パーティーに行こうよ」

終業間近、春日井さんにそう言われて、それが聞こえた私と詩織はパチクリと瞬きした。派手クイーンから、妙な言葉が出てきたぞ？

「婚活パーティーですか？」

「春日井さんも唐突だなぁ」

私に続いて詩織も呟くと、彼女は眉を吊り上げる。

「成田さんはいいの。あなたはそれなりにまだ遊びたいみたいだから。でも真剣に考えるなら、合コンよりも婚活パーティーじゃない？」

「え。春日井さんは真剣に結婚したいの？」

「だから！　成田さんはいつもひとこと多いのよ！」

ムッとする春日井さん。いつの間にか仲良くなったなぁ。

見た目は派手だけど、彼女なりに真面目に考えているらしい。

いわく、ちょっとくすぐると、すぐ尻尾《しっぽ》を振ってくるような男はバツ。

いわく、見た目から彼女を『軽そうだ』と決めつけて、一夜のお誘いを仕掛けてくる男もバツ。

いわく、印象だけで『頭悪いんだな』と思い込んで、ろくに会話もしない男は縁がない。

女の私でも、春日井さんはお馬鹿さんだなあって思っていたから、男性諸君にそれを求めるのは酷な気がしないでもない。

実は春日井さんは、婚活に前向きに取り組んでいた人だった。職場に何しに来てるんだ、という、そこが問題でもある。

「とりあえず、明日の土曜日に、年収五千万以上の人が集まる婚活パーティーがあるのよね」

そして、高収入プレイヤーの玉の輿を狙っているのを憚らないよね。

「明日の土曜日は、都合悪いかな」

「どうして？　別にデートがあるわけじゃないでしょ」

「お見合いするから」

あっさり白状すると、詩織は飲みかけのお茶を吹き出し、春日井さんは目を真ん丸にした。

「ちょ……美和、展開が早くない？」

「西澤さん、それは最終手段でしょう！」

なぜか慌てるふたりに、羽柴さんに渡された釣書を引き出しの中から取り出す。

「羽柴さんからいただいて、まだ中身も見ていないんだー」

「そこは大事よ、西澤さん！　羽柴さんの紹介なら、変な人ってことはないでしょう。でも、妥協しちゃダメよ！　まだ恋愛できる年齢でしょ！」

「私は甘くなくてもいいから、早く白米になりたい」

「西澤さん、あなたはたまに、意味がわからないときがあるからね？」

混乱したような春日井さんの言葉に頷きかけ……。

「美和！　お前、ちょっと来い！」

いきなりの怒鳴り声に、その場にいた秘書課の皆の目が点になった。

何やらいろいろ言われます。

皆の視線の先には、怒ったような――どころか、〝怒髪天をつく〟と言っても過言じゃない怖い表情の社長。その後ろには困ったような野村さんと、なぜか爽やかな笑顔の飯村さんがいる。

一瞬、脳裏をよぎったのは〝社長ご乱心〟というフレーズ。

「美和！」

いやいやいやいや。無理だから。そんな鬼みたいな形相で呼びつけられて、ホイホイついていくほど、私は危機管理を疎《おろそ》かにしていない。

こっそり春日井さんの陰に隠れようとしたら、ますます険しい顔をされた。

「今さら隠れてんじゃゃねぇ！」

いや、最初から目が合っていたんだけどさ。何て言うか、ほら、怖いし。

綺麗な顔立ちの無表情は鳥肌が立つくらい美しい。それが怖い顔をしていたら……怖い顔をしても美形って得だ。

冷たい視線がクールで萌える！　鼻血出そう！　萌えなんす！　萌え！

でも、萌えちゃいけないよね。主に大人として。うん。私は二十六歳の女性だし、ここは職場だし、脳内でカーニバルな花火を打ち上げている場合じゃない。

その前に問題がある。そもそも、どうして社長は怒っているの？

臨時秘書から外されて二週間程度しか経っていないし、その間に目が合ったのは初日だけだ。

後は野村さんを全面的に立てて補佐役に徹しているから、会話すらしていないというのに。私のどこに、社長を怒らせる要素がある？

「まぁまぁ」と入りかけた羽柴さんが、社長に静かに睨まれて固まった。

わかる。美形の鋭い睨みは怖いよね～？

現に、羽柴さん以外の皆は、いまだに凍りついたように動かない。

そして、私もこれ以上は動けない。

業を煮やしたのか、社長がツカツカと秘書課のフロアを横切って、私の前に立った。

「話がある」

「……えーと、私にはないと思うのですが」

まかり間違っても、こんな大々的に乗り込まれるような話はないと思う。

さすがに事業部関連のことで何かミスったとしても、こんな騒ぎを起こさないだろう。じゃあこれって仕事のことではない？

だって、さっきから社長は私のことを、皆の前で『美和』って呼んでいる。

でも、ちょっと待って。私は、すでにあなたのプライベート外の人間ですよね？

「きゃわわ！」

急に変わる視界に、浮遊感。デスクの上の書類は舞い落ちて、私はポカンとした春日井さんと詩織の顔を見下ろし……。

え、どうして見下ろしているの？

パニックになりかけて、社長の肩に担ぎ上げられていることに気がついた。

「しゃ、社長!?」

「うるさい」

「た、助け……」

詩織に助けを求めかけたものの、歩き始めてしまった社長に、舌を噛まないように口を閉じる。

足はブラブラするし、パンプス脱げそうだし、怖いよー！

「おとなしくついてこい」

いいえ。あなた、間違いなく連行しているからね!?

「社長、それは少々やりすぎじゃ」という野村さんの苦笑交じりの言葉も、「社長〜！うちの部下が何をしたっていうんですか」と言う羽柴さんの狼狽《ろうばい》も無視して、彼は歩き続ける。

「隼兄、犯罪者にはなるなよー？」

無責任な飯村さんの見送りに社長は一度立ち止まり、チラッと彼らを振り返ると、盛大に息を吐いた。

「馬に蹴られたくなければ、構うな」

それだけ言って、彼はスタスタと社長室に向かう。

これじゃまるで見世物。何事かと重役秘書たちはガラス張りの壁に陣取っているし、特に副社長と寺脇さんなんて、ニコニコしながら手を振っているし！　誰も、この暴挙を止める人はいないわけっ⁉

社長室に向かうと、当然のように執務室に入り、社長はドアに鍵をかけた。

そして無言のままで執務室の中央に立ち、下ろそうともしてくれない。

何がしたいんだろう。どうしたんだろう。野村さんも言っていたけど、私もこれはやりすぎだと思うな。普段の社長らしからぬ行動だ。

しばらく沈黙が続く。でも、いつまでも担がれているのも嫌だ。

「あ、あの?」

「あー……悪い。頭に血が上っていた」

それで済むはずがないでしょぉお~⁉

スルスルと床に下ろされて、バツの悪そうな視線を受け止める。

悪いことをしでかしちゃった感はありありで、しょぼんとしているのが可愛い。

「……怒ってるか?」

「呆れてます」

「即答かよ」

困ったように眉を下げる社長にクスッと笑った。

「とりあえず、どうなさったんですか。あなたが感情も顕《あらわ》に怒鳴り込むなんて初めて見ました」

以前にも、怒っているかな?って思ったことは多々あるし、言い争いはよくしていた。でも、あんなにおっかない顔をして怒鳴り声を張り上げる姿は見たことがない。

プライベートな面は結構な勢いでグダグダで、それはそれでびっくりした。

完全無敵じゃない社長は身近な人のようで……いや。これって、今まさに近い。ピッタリ寄り添うような親密さで、私は縋《すが》りついているみたいだし、社長は両手で人の腰を掴んでいる。

今さら、身体中が熱くなってきた。

社長も気がついて、微かに視線を彷徨わせてから、何かに驚いたような表情で私を覗き込む。

「お前は照れるんだな」

「それは、照れるでしょう。当たり前じゃないですか」

「嫌悪しないか？」

「どうして嫌悪するんですか」

私が社長を嫌がる理由はないでしょう？

すると今度は、困ったような顔をしている。

「いや。俺は何とも思っていない相手に触られたら、ゾッとしたぞ？」

峰社長のことだろうか？　考えた瞬間に抱きしめられた。

「ちょ……っ、しゃ、社長!?」

声が裏返ったけど、これは仕方がないと思う。

こんな風に意中の人に抱きしめられたら、誰でもそうなるっ！

「ど、ど、ど、どうしたんですか」

「俺は、前に忠告したよな？」

「な、な、何をですか」

「孝介に近寄るなって。あいつはああ見えてタラシだから、初《うぶ》なお前なんていいようにされるだろ」

はい？　飯村さん？　どうしてここでいきなり彼が出てくるの？

「だいたい、何であいつにまで将来の夢とか語ってんだ？　マイペースっつうか天然だろ。いや、いっそ馬鹿だろ」

「真剣に馬鹿とか、酷い……っ！」

言いかけたら頭をバフッと胸元に引き寄せられて、言葉はむがむがと消えていく。

これ、絶対に社長のシャツに口紅ついた。間違いなくついた。クリーニング決定だ。

「つか、孝介がさっき、わざわざ社長室まで来て教えてくれた。何でこの忙しいのに本気で婚活なんて始める？　もう少しくらい待てないのかよ」

待てないよ！　二十六歳からの婚活も大変なんだから！

それよりも、何で飯村さんはそんな会話を社長にリークしているの！　だからさっきも、社長の後ろで笑っていたわけ？　でも、社長には関係なくない？

「会社辞めるとか言い始めてるらしいし、お前はどうして勝手に突き進んでいくんだ」

はあ？　どうしてって、それは自分のことだからでしょう？

社長を離そうと力を入れたら、思っていた以上に簡単に離れてくれた。

目に映ったのは、白いシャツにくっきり映えるローズ色のルージュ。ドギマギしていたら、頭上からふっと笑われる。

「気にするな」

「気にしますよ。ファンデまでついちゃったじゃないですか」

どうしようかな。確か口紅って落ちにくいんだよね。食器用洗剤を含ませたスポンジで叩いたらいいって聞いたことがある。

「お前な、こんなときにシャツは構わなくていいぞ？」

「そういうわけにいかないです。車で帰るとしても、このままじゃ社長に恥をかかせちゃいます」

堂々とキスマークをつけながら帰れないでしょう。

「美和……？」

「はい？」

「結婚したいなら、俺を選べ」

その優しい声音にポカンと社長を振り仰ぐ。今、おかしな言葉を聞いたような。

「気のせいかな……」

真剣に呟くと、真面目な顔を返された。

「お前、人の一世一代の告白を『気のせい』にするな」

「い、今のが一世一代の言葉!? 一世一代の言葉は、もっと重々しく言わないとダメでしょう!」

「そんなのは誰が決めた」

「そんなのは誰も決めてません」

ずいっと社長が近づいてきたから、小刻みに首を左右に振りながら一歩離れると、片手に掴んだお見合いの釣書を思い出す。

取り出した途端に抱えられて、そのまま持ってきちゃったんだ。

「わ、私は、お見合いして、さっさと結婚するんです!」

「それも孝介に聞いた。お前、恋愛するつもりないわけ?」

……恋はすでにしている。目の前のあなたに。

「社長はまだ、結婚とか考えないんでしょう?」

「いや? 全く考えていないわけでもない」

言いながらスッと社長が近づいてきたから、また一歩、後ろに下がる。

「お前は子供が三人欲しいんだろ？　俺のところなら勝子さんたちが手伝ってくれるよ。あの人たちは子供好きだから」

「そういう問題ではありません」

また一歩近づいてきたから、また一歩下がった。

何が言いたいの。それより、何がしたいの。じりじり近づいてくるから、じりじり下がっていく。

「俺なら経済的な心配はしなくていいぞ？　どこかの馬の骨よりは見知っている分、気安いんじゃないのか？」

「お、お金で結婚相手を決めるわけではありませんし。えーと……？」

「うん。お前ならそう言うと思っていた」

ニッコリとする社長の笑顔が、なぜか逆に怖い。だって、思いきり企んでいそうな不敵な笑みだもん。そう思った瞬間に、カツンとヒールが硬いものにぶつかって、慌てて振り返ると真後ろに執務机。

あれ。こんなこと前にもあったよね？　だからなぜ、私は社長に追いつめられなければならない？

「相変わらず迂闊だな。小娘」

「う、迂闊っていいますか、私は混乱しそうですよね？」

「何で？」

社長の勝ち誇ったような笑みを見上げながら、瞬きを繰り返す。

「何でって、どうしてか社長は私の婚活を止めたいみたいだし」

「当たり前だろ」

「どーして当たり前なんですか。全然当たり前じゃ……」

言いかけて、社長の身体と執務机に挟み込まれた。

密着した身体に体温はガンガン上昇していくし、理性的な思考はふわふわと霧散していく。

「社長！　近い！　どうしてこんなに密着するんですか」

「それも当たり前だな。好きな女に触れたがるのは男の性《さが》だろ」

さらりと言われた言葉に、思わず目を見開いてしまう。

今、〝好きな女〟って言った？

呆然としていると、社長は笑顔を真剣なものに変え、指先でするりと私の頬に触れてくる。

「お前に興味があると、俺は散々言ってきたはずだ」

囁くような低い声が聞こえて、ますます頭が混乱してきた。

「だ、だって……」

興味って、そういう意味？

「お前が着ていると、茶色まで綺麗だと思うくらい、俺は西澤美和が好きだぞ？　重症すぎて笑えるだろう」

「わ、笑えません」

「一度フラれたぐらいで諦めるつもりはない」
フ、フラれたって、私に？
全然、そんなつもりはなかったし、フった記憶もないよ⁉

「さすがに『婚活します』と宣言されていたし、事業部の件が片づいてからにしようと思っていたんだが。見合いするとか、ふざけてんな。お前」

まだしていないし、お見合いは明日だし。

「しかも、会社辞めるとか聞いたら、ムカつくだろ」

会社を辞めるのは、結婚してからの話でしょう？　私だってそんな急に会社を辞めたら路頭に迷う。だいたい明日のお見合いの相手と、すぐに『結婚しましょう！』となるはずがない。いや、それよりも重要で、大切なことがある。

「社長は、私が好きなの？」

「好きでもない女を口説くか」

「だって。私は口説かれた記憶がないです」

「そうだな。俺がしっかり自覚したのは、かなり最近の話だから」

最近の話？　最近は接点すらないはず……。

「お前が人の誘いを蹴って、昼飯を孝介と同席してたことがあったろう？」

からかうように言われて思い出したのは、詩織と同席していた飯村さんとお昼ご飯を食べたときのこと。そういえば、あのときも私は執務机まで追い込まれた。

「見境なく嫉妬したんだよな、あれ」

溜め息交じりの呟きに、目を丸くした。

……嫉妬？　社長が飯村さんに嫉妬したの？

囁かれる内容が理解できてくると恥ずかしくなってきた。でも、目の前の社長はあくまで冷静な顔をしている。

「あれで気がついた。それで少し反省もした」

「反省？」

「いや。もう自宅に連れ帰って、監禁しとくかなとか考えてたから、それじゃあ犯罪だろうなって」

真面目な顔して、何を怖いことを考えていたんですか！

驚いたまま硬直した私に、社長は目を細めて小さく笑った。

「こんな話をしても、お前は逃げないんだな？」

びっくりして身体が動かないだけです！　これって巷《ちまた》に聞く、ヤンデレってやつなのかな？

そんな人を見かけたら、警察に逃げ込むか、まわりの人に助けを求めに行くレベルなんだろう。それよりも、私の萌えレベルが半端ないのかもしれない。

嬉しいとか、嬉しいとか、嬉しいとか！

私って本当に馬鹿じゃないの？　頭の中が花畑なの？　沸いてんの？

一生懸命に全否定したのに変わらない。いつの間にか見ているだけじゃ飽き足らなくて、いつの間にか心の奥に住み着かれて。逃げたいなんて思わない。

「逃げたらどうします？」

どう反応するだろうって、意地悪なことを考えながら言葉にしてみる。

「俺なしじゃ、いられないようにするかな？」

ニヤリとする酷薄な笑みに、ちょっぴり後悔した。私の笑みが少しだけ引きつる。

「そ、そうですか」

「ダメか？」

「人としてダメだと思います」

「うん。優等生らしい答えだな。それはそれでいいんだが。照れてるってことは、俺の申し出への答えはイエスでいいんだな？」

断るなんて考えるはずがないじゃない。気がつけば緩んでいた口元を、持っていた釣書で隠してから我に返った。

「……あ」

お見合い。明日じゃん。

「断れ。俺からも羽柴に謝罪する」

難しい顔をしながら呟く社長に、私も釣書を見ながら難しい顔をする。

「でも、それはあまりにも無礼なんじゃないでしょうか？」

「付き合うつもりもないのに、見合いをする方が無礼だろう」

それはそうだろうな。

「とりあえず、お会いしてからお断りするのも礼儀だと思いますから」

言いながら、釣書を開いて瞬きをした。

見覚えのあるものがそこにある。普通なら、その箇所には写真があるはずだった。よくあるお見合い写真。晴れやかな見栄えのいい衣服に身を包み、プロの写真屋で撮るような、背景が殺風景なもの。

でも、そこにあったのは、我が社の社内報の一ページだ。会社概要と、資産状況、事業内容。そして小さく印刷された、代表取締役社長の顔写真。まさに目の前の彼の、毅然とした表情の写真。

「……えーと？　どういうことでしょうか？」

「俺は知らん。何も聞いていない」

「ですよね。私もお相手のことは何も聞いていないんです」

お互いに困惑して顔を見合わせると、ほぼ同時に頷く。

「羽柴に聞いた方が早いだろう」

「そうですね。あまりにも意味が不明で困ります」

ツカツカと執務室を横切ってドアの鍵を開けると、なだれて転がり込んできた人たちにふたりで目を丸くした。

一番下に羽柴さん。その上に野村さん。その後ろには詩織と春日井さんが立っていて、彼女たちの後ろには飯村さん親子が揃っていた。

「何してるんだ、お前たち」

「いえ、社長があまりにもご立腹だったので、西澤さんが心配で」

羽柴さんは潰されながらも、人のよさそうな笑顔で答えている。

白々しいにもほどがありすぎだと思うよ、羽柴さん。冷たい視線で彼らを睥睨《へいげい》する社長の表情は、絶対零度を保っていた。

「ついでだ。羽柴、これはどういう意味だ？」

私が持っていた釣書を指差すと、悪びれずに羽柴さんはニッコリとする。

「野村さんに聞きましたよ。若者の背中を押して差し上げるのも年輩者の務めであろうと意見も一致しましたし。気づかれずにスケジュールを調整するのが大変でした。明日、社長を呼び出す予定だったんです」

「あなたから誘うのは苦手のようでしたから、画策させていただきました。ですが、そうなる前に、社長が行動を起こしたみたいで何よりです」

にんまりと頷き合う狸オヤジどもを睨みつけ、社長は疲れたように私の肩に手を置いた。

「じゃあ、明日はデートだな」

「え。あの、そうなります？」

「せっかくのお膳立てだ。俺は誘うのが下手らしいし。一石二鳥だろ」

それって意味が違うような気がする。

でも、狸オヤジたちはしたり顔でニヤニヤしているし、詩織と春日井さんは手を取り合ってなぜか飛び跳ねているし、飯村さんはお腹を抱えて大爆笑、副社長は微笑みを浮かべながら頷いていたから、私は何も言えなくなった。

……これでいいんだろうか？


そして土曜日。秋とは思えない陽気に誘われて気分はウキウキしている。

ドライブに誘われたから動きやすい服装にしようかと思って、でもせっかくだからお洒落をすることにした。

買ってもらったまま一度も着ていない、着物をモチーフにしたワンピース。

黒地に華やかな花がちりばめられたワンピースを鏡で確認して、待ち合わせ時間ちょっと前にマンションを出る。

すでに到着して、車の外で待っていてくれた彼が、私の姿に愕然とした顔を見せた。

「……これ、似合わない？」

「いや。似合わないものは買わない。ただな」

小さく溜め息をついて、助手席に誘導してくれる。

「ダメなら着替えてきます」

「ダメじゃない。可愛いから乗れ」

可愛いから乗れって、宥《なだ》めようとしているの？　それとも褒めているの？

何となく悲しい気分になって助手席に収まると、彼はドアを閉めてくれた。

今日の彼の格好は、ダークベージュのチノパンに白いボタンダウンのシャツ、その上に黒のジャケットを羽織っていて、少しくだけた大人カジュアルな装い。

もう悶えそうになるくらいカッコいい！　だけど私はそんな反応をされて、萌えパワーも少ししょんぼり。

車を走らせながらしばらくして、彼はポツリと呟く。

「怒るなよ。似合ってるんだし」

だったら、どうしてあなたは困ったような顔をしているの。

「うちの家系は、やっぱり、ひと目惚れの家系なんだなと思って」

唐突な言葉に、眉を上げて運転席の彼に瞬きを返した。

「それを着たときの美和を思い出して、実感したよ」

ひと目惚れ体質ってことを？

「どういう意味？」

「着物をモチーフにしてるから、首から鎖骨にかけて、胸元まで結構開いてるだろ？」

うん。今日は中にキャミソールを着ている。

「よく似合っていて、それ以上に、見えた鎖骨に男としてめちゃくちゃ反応したな」

自嘲気味に呟かれた、とんでもない発言に目を瞠った。

「え……ちょ……」

「引くなよ？　男なんてそんなもんなんだよ。だいたい男から洋服をプレゼントされるときには気をつけろ」

「き、気をつけるの？」

「いいことを教えてやる、小娘」

そういうときって、あまりいいことじゃないから聞きたくない。

赤信号で車を停めながら、彼は爽やかな笑顔で私に向き直った。

「男から女に洋服をプレゼントするのは、『お前の服を脱がしたい』って意味な？」

そう言って彼は身を乗り出してきて、熱くて柔らかい感触が唇に押しつけられる。

……ちょっと待て。初キスが車内って、どういうシチュエーションなんだ！

驚いて見開いたままの目の前に、美しく整った彼の顔。悶え殺す気なんだろうか？

そう思ったのと、指先でするりと鎖骨に触れられたのは同時で、ビクッと震えた拍子にキスの角度が変わり、柔らかい熱いものが唇を割って入り込んでくる。

思わずギュッと目を瞑ると、からかうように舌先が唇を掠めていき、そして離れていくぬくもり。

「次回から気をつけろ？」

そう言った彼の言葉は、少し掠れていた。

今後、この服を着たら『誘っていると認識する』って意味だろうか。

頭が真っ白になりつつも、初めてがこんな大人のキスでいいのかな……なんて変なことも考え始めているし。私の頭の中には、現在進行形でお花畑が展開していると思う。大丈夫か私？　しっかりするんだ私！

じわじわと恥ずかしくなってきて、思わず両手で顔を隠すと、車が動き出したのを感じて指の間からこっそりと彼を覗き見た。

前方を見る真剣な横顔は、ちょっとだけ頬が赤いかもしれない。

黙っていたら唐突に手が伸びてきて、その手が私の頭をぐしゃぐしゃとかき混ぜてくるからびっくりした。

「頼むから美和、お前はもう少し警戒心を持て。そんな顔をされたら持って帰りたくなるだろう。それとも、このまま俺の家に来るか？　俺は構わないが、お前はまだ構うだろ？」

一瞬、何を言われているのか考えて意味を理解すると、身体中が発熱したみたいに熱くなる。

家に持って帰るって言われているんだよね？　それってほら、大人の関係になりましょうってことなんだよね？

いやー‼　絶対絶対、無理！　萌えるどころか燃え尽きる自信がある！　綺麗な顔がこんなに近くにあったのも昇天しそうだったのに、そんなことを今すぐにできるはずもなく！

「は、鼻血出そう……」

鼻を押さえる私に、彼は残念な子を見るような視線をチラッと返してくれた。

テレビ局近くの商業施設でショッピングをすることになって、駐車場で降りるなり手を繋がれる。顔を赤らめていたら、クスクスと笑われてしまった。

「秋物も買おうか。お前は暗い色が好きなようだが、他の色も楽しめ」

「秋ですもん。色としては間違っていません」

「俺が見たいんだよ。それに、これからはお前も華やかな場所に出るようになるんだし、ある程度は揃えておかなくちゃいけないだろ？」

私が華やかな場所に出るようになるの？

いったい何を言っているのかわからない。けれど、ぐいぐいとレディースフロアに連れていき、お構いなしにまた私を着せ替え人形にするからムッとしたら、頬をむにむにとつままれた。

もちろん彼を思い留まらせるなんて芸当は私にはできなくて、持ちきれない分はしっかり配達まで頼んでから嬉しそうにしている彼に困ってしまう。

私だって嬉しいのに、チラッと見えてしまった値札に戦慄しそうになっちゃうんだ。私は根っからの小市民なのですよ。

そして施設内のカフェでかなり遅い昼食を済ませると、また手を繋いで近くの公園までブラブラと散策することになった。

青と赤が混じり合いつつある夕暮れどきの小道は、お洒落にライトアップされてロマンティック。その中で私の顔は仏頂面だ。

「怒るなよ。俺が勝手にお前を甘やかしたいんだ」

「怒ってるんじゃないんです。でも、これ、甘やかすっていうか、何かが激しく違うと思います」

単なる無駄遣いに見えて仕方ないっていうか。そう思って彼を見上げると、完璧な無表情で淡々と頷いていた。

「お前はねだらないから、結局、押しつける形になるんだろ」

「私、何か物が欲しいわけじゃないです」

「うん？　ああ、そうだろうな」

「何もお返しできませんし」

溜め息交じりに呟いたら、無表情だった彼がなぜか唇を噛みしめている。

「どうかしましたか？」

「うん。まぁ……その敬語はどうにかならないか？」

「急に変われませんよ」

いきなりタメ口をきくなんて芸当も、なかなか難しい。付き合い始めたというのなら、呼び方も『社長』じゃなくて、『隼人さん』って呼んだ方がいいんだろう。でも、何かきっかけでもないと難しいよね。

唇を尖らせながら考えていたら、繋いでいた左手を急に放される。

私の右側に彼。彼の左側に私。繋がれた彼の左手と私の右手がちょっぴり気恥ずかしかった。

でも、いざ触れていたぬくもりがなくなると、少しだけ寂しいかもしれない。

「可愛いなぁ、小娘」

黙って私を眺めていた彼は、いきなり破顔すると立ち止まり、私の方に向き直る。

空いていた右手の指先で撫でるように私の頬に触れ、それから持っていた袋の中から買ったばかりのストールを取り出している。

「陽が落ちて、少し寒くなってきたから」

ふわりと肩にかけてくれて、ニッコリと私も彼を見上げた。

「ありがと……うっ⁉」

唐突にストールごと身体を引かれ、広げられた腕の中にボフッと飛び込む形になって慌てた。

「ちょ……！　突然何ですか⁉」

びっくりしてあたふたする私に、笑い出した彼。

でも、彼の腕の中は温かくて、微かな柑橘系の香りを胸いっぱいに吸い込みながら、どこかホッとしてしまって、そっと寄り添うと目を瞑った。

つかの間そうしていると、少しだけ力が緩み、彼は私を片手で抱きしめたまま、ゴソゴソと何かしている。

どうしたのかと目を開けると、そのまま左手を掴まれて耳元で囁かれる。

「俺のものになれ、美和」

スルリと指に通される、冷たくて硬い感触。驚いて左手を確認すると、あの夜に返したはずの〝偽りのリング〟が左手の薬指にはまっていた。

地味すぎず可愛らしく、ルビーとダイヤがはめ込まれたファッションリング。

「……これ」

ずっと持っていてくれたの？

嬉しくなって彼を振り仰ぐと、また両手で抱きしめ直された。

「あの……」

言いかけた途端にギュッと抱きしめる力が強くなって、しまいには苦しくなってきたから、慌てて彼をパタパタ叩く。

「隼人さん！　苦しい苦しい！　息が……」

そう言った瞬間にパッと離してくれた。そのとき、目を真ん丸にしている隼人さんが見えてしまって。

「お前、名前……」

嬉しそうに驚いている顔が、どうしよう。ちょっと可愛い。

そう思えてしまう私は、きっと頭のネジが緩みきってしまっているんだろう。

でも、とっても幸せな気分だから、こういうときは何も考えないのが正解なんだろうな。

黙って照れ笑いする私に、隼人さんもふわりと微笑み、片手で頬を包み込んだ。

そしてさらりと指先が頬から顎に向かって掠めていき、少し持ち上げられると、私は目を瞑る。そして温かい唇が重なった。

最初はゆっくりと確かめるように、それから次第に深まるキスはやっぱり戸惑う。

そんな私の内心に気づいたのか、唇が離れて探るように顔を覗き込まれた。

「……美和の全部が欲しい。俺のものになってくれないか?」

囁くような声はとても優しくて、低く響いて、そしてとても真剣。

私だっていい大人だし、言われている意味はわかっている。

躊躇いは一瞬だった。怖いと思うのは当たり前。でも、嬉しいと思う気持ちの方が勝ってしまう。

「はい……」

小さく返した言葉に、隼人さんはどこかホッとしたように力強く抱きしめてくれた。

そして連れてこられたのは、近くにあったベイサイドのホテル。

正直言って心臓バクバクで目眩がしそうな勢いで、どこをどう歩いてきたかわからないし、何がどうなっているのかも記憶から抜け落ちて混乱しながら、彼の手に引かれるままにソファに座らされて我に返った。

見回すと私が座っているのは三人がけのソファ。左側には丸テーブルとセットの椅子が三脚。目の前にオットマン。落ち着いた木のぬくもりを感じる壁際にテレビが埋め込まれていて、右側にひとりがけのソファ、その後ろに見えるのはバルコニーだ。

夕闇の中に浮かぶ夜景がとても綺麗……とのんびり眺めている場合ではなく。

「ここはスイートルームですか？」

「……まぁ、そうだな」

「いつ予約していたんですか？」

立ったままでいる隼人さんを振り仰ぐと、彼は困ったように視線を逸らした。

「さっきかな。お前がぼーっとしてる間に連絡してただろう？　コンシェルジュサービスに頼んだ」

隼人さんがどこかに連絡していた姿は覚えていない。私は相当長い時間を現実逃避していたみたいだなぁ。

「最初からそのつもりでいたのかと思いました」

「だよな？　そう思われても仕方がないし、俺もかなりがっついているとは思うが、そこらの安いホテルに連れていくつもりはなかった」

そう言って私の傍らに膝をつくと、そっと手を重ねる。

「緊張してるか？」

「してます。しないはずがないです」

だって初めてなんです。男の人と付き合った経験もなければ、キスだってあるはずもなく、さらに先の行為なんて、もっとあり得ないでしょう？

「……そうか、そうだろうな。悪いが俺も緊張してる」

「あなたが？」

驚いて隼人さんを見ると、彼は少し顔を赤くしながら立ち上がり、ふて腐れたようにそっぽを向いた。

「自分から好きになった女と、こんなこと初めてなんだよ」

……ああ、そう。そうなんだ。それって、何だかとっても恥ずかしいことを言っているんじゃないの？

ちょっと、あなたは私を悶絶させる気ですか。どうしろっていうんです。暴れてもいいってことですか？

「う、嬉しすぎて息ができません」

顔を真っ赤にしながら、正直に自分の心のうちをそのまま口にすると、隼人さんはパッと私を見下ろし、苛立ったような顔をした。

「お前なぁ……そういうのは覚えなくていい」

覚える？　覚えるって何を？

キョトンとしたのもつかの間、抱き上げられて慌てた。

「は、隼人さん⁉」

「いいから、お前はもう黙ってろ。お前が話すと俺が煽られる」

「あ、煽ってなんかいないから！　そんな高度なスキル、私にあるはずが……」

言いながらも、隼人さんは慌てる私を簡単にスルーして歩き出す。

どこに向かっているのかなんて、聞かなくてもわかってしまうから困る。

心臓が破裂しそうなくらいにドキドキしてうるさい。でも、それを彼に悟られたくなくて、向かう先を見つめていた。

照明の落とされた部屋に入ると、夜の闇にキラキラとライトアップされた観覧車が見えたのは一瞬で、優しくベッドに寝かされて、そしてキスが落とされた。

温かいぬくもりが次第に熱くなっていく。

その熱に浮かされそうになりながら、ぐずぐずに溶けていく思考の片隅で、怖いくらい綺麗で端整な顔を意識した途端、羞恥心で爆発しそうになった。

ずっと遥《はる》か遠くにいる人だと思っていた。ただ眺めていられればいいと思っていた。なのに今はこんなに近くにいる。それが堪らなく嬉しい。

隼人さんの指先で辿られた肌が熱を帯びていき、未知の感覚に怖くなって怖じ気づくと、彼はキスをしながら優しく宥めてくれる。

息苦しさにも似た衝動が弾け飛び、頭の中は真っ白で何も考えられなくなった。

隼人さんが小さく笑ったような気配がする。その後、彼がゆっくりと私の中に押し入ってくる。

「……ん……あっ！」

繋がった痛みに思わず声をあげると、包み込むように抱きしめられる。ポロポロと涙を零すと、その滴《しずく》を優しく拭ってくれた。

「悪い……少し、我慢してくれ」

隼人さんもどこか痛そうな顔をしているから、無意識に背中に手を伸ばす。

「……っ！　煽るな！」

「……ぁあ！」

ピタリと重なった身体の衝撃と痛みに、彼の背中に爪を立てると、視界に入った彼の嬉しそうな表情を見つけて、微笑み返す。コツンと小さく額を合わせた。

「お前は俺のだ……」

その声はとても低く甘くて、私の中に溶けていく。

翌週月曜日。右手から左手薬指にリングをつける位置が変わったことで、社内では秋なのに春めいた噂が飛び交い始める。

「えっとね～。美和が社長室で押し倒されたって噂と、実はもうすでに妊娠してるって噂と、社長が溺愛しすぎて秘書課で乱闘したって噂と、どれが聞きたい？」

満面の笑みを浮かべる詩織の言葉に、私はげんなりして横に視線を送る。

「俺もさすがに社長室で押し倒さないし、妊娠は籍を入れてからの方がまわりは安心するだろう？　ちなみにこれは溺愛なのか？」

社員食堂。なぜか私の隣の席に陣取る我が社の社長に、まわりから視線が集まる。

「……とりあえず、私はどの噂も聞きたくないかな？」

そして数日後、事業部の子会社のひとつが運営している食品工場の大きな人事異動が発表された。

同時に、本社の品質管理部門の主任と、経理担当の女性社員が辞表を出して退職。工場の人事異動よりも、主任と女性社員の不倫疑惑の方が話題になったけれど、その噂は、社長の突然の婚約発表に掻き消された。

「この時期に私たちの婚約発表って、事件を新しい噂で払拭する気満々でしょう？」

常務から頼まれたファイルを社長室に渡しに来たら、休憩時間の隼人さんに出くわした。秘書室の来客用のソファでコーヒーを楽しんでいた彼を睨むと、彼は嬉しそうに目を細める。

「一部の人間には周知のことだが。まぁ、あいつらも横領していた全額を返済するということで手打ちになったし、内々に収めるのがベストだろう。荷担していた品管の主任と経理の女性社員については、その他にも不倫で火がついたわけだが。本社の人間の関わりが最小限で、俺は少し安心した」

まぁ、そうなんだろうね。でも、冷やかされまくる私の身にもなってほしい。

今回は正式発表だったから、業務中だろうが何だろうが、お祝いしてくれる社員たちに罪はない。仕事の邪魔になるのが大変ってくらい。

「そういえば美和。羽柴からお前に、特別ボーナスを打診されているんだが」

「え、特別ボーナス？」

「一週間くらい休みを取って、旅行に行かないか？」

目を輝かせてワクワクしている隼人さんを、野村さんはギョッとして見つめ、私は冷静に溜め息をつく。

「……社長、業務が滞ります」

私、本当にしっかりしないといけないのかもしれない。

特別書き下ろし番外編
桜の咲く頃に

冬の陽射しから、暖かい春の陽射しへとシフトしていく季節。家の中で窓際に座っていると『春だなぁ』って感じるくらいポカポカしている。

付き合い始めてから半年以上経つものの、週末は必ずといっていいくらい誘拐まがいなことをされて、隼人さん宅に上がり込む。

うん。正直、彼は誘い方を覚えるべきだと思うんだ。毎回毎回、何も言わずに車に引きずり込むのはどうかと思うし、小杉さんもたまに呆れているのを自覚してほしい。その前に自重した方がいいのかもしれない。

加えて毎日のように秘書課に現れるようになったから、いつの間にか隼人さんは秘書課メンズとも軽口をきくようになっている。

仲良くなってどうするよ？　社長の威厳とか、尊厳とか、カリスマ性とかがあった方が絶対にいい。

そして秘書課に来たなら、男性諸君とばかり話していないで、ちょっとくらい私にも構って……って、もしかして拗ねてもいいのかなあって。

そんなことを思いながら、サンルームの豪華な長椅子でくつろいでいる私も私だ。

玄関から入って左側のドアを開けたところが、サンルームになっている。

たくさんの格子窓に囲まれた部屋は、太陽の光が燦々と入ってくるにもかかわらず、庭の樹木で外からは見えにくい構造になっていた。

落ち着いた色合いのフローリングに不思議な文様の絨毯が敷いてあり、そこにアンティーク調の長椅子とロッキングチェア、小さな丸テーブル。

部屋の隅には暖炉が備えつけてあって、初めてこの部屋に入ったときには目を丸くした。

そして、コーヒー片手にロッキングチェアに座り、ゆらゆらしながら難しそうな洋書を読んでいる隼人さんの横顔。

それを雑誌を読むフリをしながら、チラチラ盗み見て浮かれている私も、自重した方がいいのかもしれない。

今日の服装は、いい感じにこなれたウォッシャブルジーンズに白と黒のボーダーTシャツ、その上にチャコールグレーの薄手のカーディガンを合わせていた。

カジュアルな格好でも、いい男だ！　ひとり占めで眺めていられるなんて、もう至福すぎてウハウハだよー‼

ニマニマしていたら気づかれたみたいで、じろっと睨まれる。

「お前、どうして横顔だとニヤニヤして見てるんだ？」

「そんなことしてない。気のせいでしょ？」

ツンとすましてそっぽを向いたら、無言の視線を感じる。

……仕返しのつもりかな？　しばらく放っておいたら飽きるよね。

そう考えて雑誌をめくっていたら、パタンと本の閉じる音。そして続く沈黙。

変な汗が出てきた。みるみる頬が火照ってくる。

じっと、ずっと、怖いくらい見られている。

無理ー！　私は注目されるのに慣れていないんだってば！

だって会社の中を歩いていても、デートをしても、注目を浴びているのは隼人さんで、私を注視する人はほとんどいないんだし。それなのに彼氏に無言でガン見されるとか、初めて目の前に立ったとき以来じゃないの？

「……ごめんなさい。見てました」

おそるおそる視線を合わせると、座りながら脚を組んで、気だるげに頬杖をついていた隼人さんがゆったりと笑った。

「珍しく素直だな？」

「珍しく、は酷い。だいたい最近の隼人さん、意地悪だし。秘書課に来ても話す機会もないし」

「そういえば、最近は男性社員とばかり話をしているな」

遠い目をして思い出すようにしている。それは自分でもわかっているんだ。

「秘書課には、俺の女に手を出そうとする輩がいなくて助かる。なかなか口を割らないやつも多かったが」

「……え」

俺の女って、秘書課に来て何をしているんだ、あなたは。

呆れて眺めていると、爽やかに微笑まれて手招きされるから身構えた。

何か企んでいる？

「どうしたの？　本を読んでいたんじゃないの？」

「いいから来い」

ロッキングチェアの脇にあるテーブルに本とカップを置き、どこか胡散くさい笑みを続けている。

どうせ根負けするのはいつも私だから、小さく肩を竦めて立ち上がった。

隼人さんって、実は短気なようで、じっと待っていることも得意らしい。そのわりに、いざというときの行動力は半端ない。

思いつきで何かしでかすときも多いし、最近じゃ、私を驚かせるのを楽しみにしているような感じもする。

たまに、踊らされているかもしれないって思うときがある。スケジュールを調整して拉致られたと慌てたら、私の実家に挨拶に行くし……。

両親はポカンとしていたし、弟たちはギョッとしていた——この前は、いつの間に連絡し合っていたのか、会長を含めて食事会もした。彼なりに着々と進んでいっているんだ。

先日、会長の屋上菜園に行ったら、赤い長靴が置いてあったのには笑ったけど。その後で副社長夫人……麻百合さんには懇々と『東野家の嫁は大変だろうけど、頑張ってちょうだい』なんて電話連絡で発破もかけられた。

でも、ちょっと現実感がないというか、実感が湧かないんだよね。いつも相談もなく計画しちゃうし。

付き合って数ヵ月後のクリスマスイヴには『初めてのクリスマスデートなんだろう?』って、きちんとエスコートしてくれた。それは相談されるよりは、サプライズ的なものの方が嬉しい。

相談されても、私なら『ターキー食べたいです』って言って終わっちゃう。

夜景が見えるホテルでディナーを楽しんで、お洒落なバーでカクテルを飲んで、きちんと『結婚してください』って仕切り直しのプロポーズも受けた。

その後はまぁ、お酒も入っていたし、かなり濃厚な夜を過ごして、翌朝はお互いに何となく照れながらスイートルームで朝食をとったりもした。

とりあえず、隼人さんの隣に立つと、首を傾げ……。

「きゃ……っ！」

急に腕を引っ張られて、彼の膝の上に着地すると、ロッキングチェアがグラリと動いて、慌ててしがみついた。

「あ、危ない！　何を考えてるの！」

「彼女と触れ合い？」

「き、昨日も触れ合いました！」

そりゃあもう『触れ合い』なんて可愛いレベルじゃなく、どっちかというと触られまくりましたとも！

膨れて唇を尖らせると、その唇に軽くキスされて、彼が嬉しそうに笑ったから、身体中が熱くなる。

嬉しそうな笑顔は、私の心臓に悪いんだ！　今すぐその笑顔は封印してほしい！

「何だ、お前も普通に甘えてくるようになったな？」

「え……？」

これって甘えているの？

目を丸くしてみたら、ますます隼人さんの笑みが深くなる。

「意地悪だし、秘書課に来ても話す機会もないって、怒っているんだろう？　いじめた記憶はないが、言われてみると最近、会社では会話していないな」

その通り。だから私はちょっとくらい拗ねてもいいんだと思う。

「寂しかったのか？」

ぷにぷにと頬をつままれながら優しく言われて、その言葉の意味を理解した途端に、ぶわっと恥ずかしさが込み上げた。

そうだね！　目の前にいるのに話しかけてくれないなんて――そんなことで怒るのはとっても子供っぽい。会社員なら用がなければ話さないことも普通だし、用もないのにおしゃべりしているのは、サボりと変わりないよね！　これが甘えでなくて何なんだろうって話だよね！

嫌ー！　もう、恥ずかしいんですけどー!!

「まぁ、でもこれからはたくさん話すことになると思うが。一応、説き伏せたからな」

「何を？　誰を説き伏せたっていうの？」

『説き伏せた』という聞き慣れないキーワードに、一瞬で冷静になる。疑問を投げかけるのに、彼は答えてくれない。ニヤニヤと笑うだけで私を膝の上に抱き直すと、テーブルに置いた本を取り上げた。

「お前、式は神前と教会とどっちがいい？」

「え、もう結婚式とか計画しているの？」

「そうだろう。俺にも世間体があるからな。結婚しました、数ヵ月後に子供が生まれました、じゃあ少し体裁が悪い。授かり婚なんて言われたら俺よりもお前の方が悪い方向に影響する」

　授かり婚？　ああ、できちゃった婚――。

「ふ、普通の顔して、そんなことを真面目に言わないでよ！」

「大真面目だ。三人子供が欲しいんだろ？　そうなると時間がないって言っていたのは、美和の方だと思ったが？」

　言われて、数ヵ月前の一連のやり取りを思い出す。

　隼人さん、しっかり覚えていてくれたんだ。ちょっと嬉しいかも。

「教会なら……そうだな。六月に式を挙げると花嫁は幸せになるらしい」

そう言って私を抱えたまま、読んでいた洋書をパラパラめくり出す。よく見ると【結婚の伝説】なる洋書だった。

あなたは難しい顔で、こんなものを読んでいたの？

「ローマ神話で、六月の名前の由来になった女神が、結婚を司るんだそうだ。だが、梅雨《つゆ》の時期だからな。ガーデンパーティーやライスシャワーは難しくなるだろうが、株主総会も終わっている時期だし、問題はないだろう？」

ロマンティックから一転して、現実的な言葉に笑ってしまう。

「問題はたくさんあるじゃない。六月まで数ヵ月しかないし。どうしてもっと早く言ってくれないの」

教会式なら、にわかでもキリスト教信者にならないといけないって、婚活女子の春日井さんから教わった。それにドレスも選ばないといけないし、招待客と招待状と会場選びと席のこと……等々、考えるなら本当に時間はないと思う。

「そうなるな。だから六月を目指すと忙しくなるぞ？」

「でも、そうしたいんでしょう？」

「ああ、そうしたいな。ひとりで眠りたくない」

ギュッと抱きしめられて、彼の首に腕を回して抱擁を受け止める。

たまに置いてけぼりにされそうになる。でも、隼人さんはしっかりと私を巻き込んでくれるよね。

「どんなドレスが似合うのかなぁ。式のことを考えるといろんな準備が大変だよね」

「まぁな。会社の連中も呼ばないといけないし、関連企業の人間も呼ぶ必要があるだろう。ちなみに、〝可愛らしく〟を目指すのなら、ベルラインのドレスがいいんじゃないか？　試着に付き合えるよう、日曜日には仕事を入れないことにする」

どこか夢見るように言われて、瞬きをした。

ちょっと待って。男の人からスムーズに『ベルラインのドレス』とは普通は出てこないと思う。あなたはいったい、私に隠れてどれだけ結婚関係の情報誌を見ていたの。

全くもう、そんなことまで陰で努力されていると、めちゃくちゃびっくりするよ。

「幸せになれるかな……」

「なれるように努力する。ああ、そうだ」

ポツリと呟かれたから、隼人さんの顔を覗き込む。

「ブーケトスはいいが、ガータートスは却下するからな。なぜお前が身につけたガーターを他の男にくれてやるんだ」

大真面目な表情で言われて、思わず唖然《あぜん》としてしまった。そして、言っていることの嫉妬深さに笑ってしまう。

「私だって、それは嫌。やれって言われたら逃げるから」

そう言うと、隼人さんは一瞬キョトンとしてから吹き出し、しばらくふたりでクスクスと笑い合った。

そして月曜日。出社すると、先に来ていた詩織と春日井さんが同情するような顔をして私を見る。

「おはよう。何かあった?」

「あったと言えば、あったのかなぁ」

詩織の言葉に首を傾げ、ニコニコとやってきた羽柴さんに一枚の書類を渡されて、目を見開いた。

そこには【人事異動のお知らせ　下記の人事異動が発令されました】の記載。それと、私の名前と、【異動部署　社長室　第一秘書】の文字。

「説き伏せたって、羽柴さんのことだったんですかー!?」

私の叫びが秘書課のフロアに響き渡って、同僚たちに振り返られる。

これはもう、びっくりしすぎた。確かにこれからはたくさん話すことになりそう。

本当にあの人は困った人だよね。

息を吐いて、手元の書類を眺めた。

でも、隼人さんらしい。彼が希望しているのは六月の結婚式で、私の希望は三人の子供。大変そうだし、目まぐるしい。どんな家族になるのかわからないけど、一緒に幸せになれたらいいなぁ。

それは、桜が咲き始める春先の暖かい日のこと。

未来の展望を思い、幸せな気分に浸りながら、とっても小さく微笑んだ。

END

あとがき

こんにちは、佳月弥生と申します。

今回は『臨時社長秘書は今日も巻き込まれてます！』をお手に取ってくださいまして、本当にありがとうございます。

いかがでしたでしょうか？　楽しんでくださいましたら嬉しいです。

初の〝長編・社長もの〟となった今回の作品は、いろいろと試行錯誤の結果、このような形で皆様にお届けさせていただける運びとなりました。

通常はヒロインから考え始める私ですが、今回はなんとヒーローから！　もしかするとヒーローから考えたのは、初めてかもしれません。

両親亡き後、若くして会社を継いだイケメン社長。それを眺めてウハウハと萌えキュンしている臨時秘書（笑）。

家庭菜園どころか、ビルの屋上で畑を耕す会長がいたりと、どこかお茶目なオヤジーズは書いていて楽しかったです。

あれ？　胸キュンどこに忘れてきちゃったんだろうと慌てたり、社長の仕事ってどんななの⁉と頭を抱えたり、傍から見ると、どう見ても仲良くケンカしながら、その言い争いを楽しんでいるふたりにニヤリとしたり。

隼人と美和の、嘘ではないけれど本当ではない関係。それにまわりも、お互いの気持ちも巻き込まれていく様子や、美和の〝お姉さま気質〟に、私自身までも巻き込まれて「あらーどうしよう？」となったのも、今ではいい思い出です（笑）。

しかも、今回はデート部分を加筆し、憧れの番外編まで書かせていただいちゃいました！　とてもスイートな感じに仕上がりましたので、よろしくお願いいたします。

最後に、いつもサイト内で応援してくださっている皆様。いつもお世話になりっぱなしの担当の三好様、矢郷様。素敵な表紙を描いてくださった戯あひさ様。ここまで読んでくださったあなたに、ありったけの感謝を込めて、ありがとうございます！

これからも〝面白い〟と思っていただけるように頑張りたいです。

佳月弥生《かげつやよい》

佳月弥生先生への
ファンレターのあて先

〒104-0031
東京都中央区京橋1-3-1
八重洲口大栄ビル7F
スターツ出版株式会社　書籍編集部　気付

佳月弥生先生

本書へのご意見をお聞かせください

お買い上げいただき、ありがとうございます。
今後の編集の参考にさせていただきますので、
アンケートにお答えいただければ幸いです。

下記URLまたはQRコードから
アンケートページへお入りください。
http://www.berrys-cafe.jp/static/etc/bb

この物語はフィクションであり、
実在の人物・団体等には一切関係ありません。
本書の無断複写・転載を禁じます。

臨時社長秘書は今日も巻き込まれてます！

2017年3月10日　初版第1刷発行

著　者　佳月弥生
©Yayoi Kagetsu 2017

発行人　松島 滋

デザイン　カバー　根本直子（説話社）
フォーマット　hive&co.,ltd.

DTP　説話社

校　正　株式会社　文字工房燦光

編　集　三好技知（説話社）　矢郷真裕子

発行所　スターツ出版株式会社
〒104-0031
東京都中央区京橋1-3-1　八重洲口大栄ビル7F
TEL　販売部　03-6202-0386（ご注文等に関するお問い合わせ）
URL　http://starts-pub.jp/

印刷所　大日本印刷株式会社

Printed in Japan

乱丁・落丁などの不良品はお取替えいたします。
上記販売部までお問い合わせください。
定価はカバーに記載されています。

ISBN 978-4-8137-0221-4　C0193

ベリーズ文庫 好評の既刊

『王太子様は無自覚!?溺愛症候群なんです』 ふじさわさほ・著

大国の王太子と政略結婚することになった王女ラナは、輿入れ早々、敵国の刺客に誘拐される大ピンチ！　華麗に助けてくれたのは、なんと婚約者であるエドワードだった。自由奔放なラナとエドワードはケンカばかりだったが、ある日イジワルだった彼の態度が豹変!?　「お前は俺のものだ」と甘く囁き…。

ISBN 978-4-8137-0203-0／定価：本体620円＋税

『イジワル同期とスイートライフ』 西《にし》ナナヲ・著

メーカー勤務の乃梨子は、海外営業部のエースで社内人気NO.1の久住と酔った勢いで一夜を共にしてしまう。久住に強引に押し切られる形で、「お互いに本物の恋人ができるまで」の"契約恋愛"がスタート！　恋心なんてないはずなのに優しく大事にしてくれる久住に、乃梨子は本当に恋してしまって…!?

ISBN 978-4-8137-0204-7／定価：650円＋税

『強引なカレの甘い束縛』 惣《そう》領《りょう》莉《り》沙《さ》・著

七瀬は、片想い相手で同期のエリート・陽太から「ずっと好きだった」と思わぬ告白を受ける。想いが通じ合った途端、陽太はところ構わず甘い言葉や態度で七瀬を溺愛！　その豹変に七瀬は戸惑いつつも幸せな気分に浸るけれど、ある日、陽太に転勤話が浮上。ワケあって今の場所を離れられない七瀬は…？

ISBN 978-4-8137-0205-4／定価：640円＋税

『モテ系同期と偽装恋愛!?』 藍里《あいさと》まめ・著

男性が苦手なOLの紗姫は、"高飛車女"を演じて男性を遠ざけている。ある日、イケメン同期、横山にそのことを知られ「男除けのために、俺が"仮の彼氏"になってやるよ」と突然のニセ恋人宣言!?　以来、イジワルだった彼が急に甘く優しく迫ってきて…。ドキドキしちゃうのは、怖いから？　それとも…？

ISBN 978-4-8137-0206-1／定価：630円＋税

『エリート医師の溺愛処方箋』 鳴《なる》瀬《せ》菜《な》々《な》子《こ》・著

新米看護師の瑠花は医師の彼氏に二股され破局。ヤケ酒を飲んでいたバーで超イケメン・千尋と意気投合するも、彼はアメリカ帰りのエリート医師で、瑠花の病院の後継者と判明！　もう職場恋愛はしないと決めたのに、病院で華麗な仕事ぶりを披露する彼から、情熱的に愛を囁かれる毎日が続き…!?

ISBN 978-4-8137-0207-8／定価：640円＋税

書店店頭にご希望の本がない場合は、書店にてご注文いただけます。

ベリーズ文庫 2017年3月発売

『逆境シンデレラ~御曹司の強引な求愛~』 あさぎ千夜春《ちよはる》・著

エール化粧品で掃除婦として働く沙耶は、"軽薄な女好き"と噂のイケメン御曹司・基が苦手。なのに、彼の誕生日パーティで強引にキスをされてしまう。しかも、軽薄なはずの基がその日から溺愛モードに!! 身分違いの恋だからと一線を引く沙耶に、「君のすべてが愛しい」と一途に愛を伝えてきて…!?

ISBN 978-4-8137-0218-4/定価：本体620円+税

『クールなCEOと社内政略結婚!?』 高田《たかだ》ちさき・著

27歳のあさ美は、父親のさしがねで自分の会社の毒舌イケメン社長・孝文と突然お見合いをさせられてしまう。しかも強引に婚約まですることに…！同居生活が始まると孝文は意外と優しくて頼もしい。だけど、思わせぶりな態度で何度もからかわれるから、あさ美の心は振り回されっぱなしで!?

ISBN 978-4-8137-0219-1/定価：本体640円+税

『冷徹社長が溺愛キス!?』 紅《くれない》カオル・著

IT企業で働く奈知は、鬼社長と恐れられる速水にトラブルを救われ、急接近。速水の優しさや無邪気な一面を知り、その素顔に惹かれていく。だけど速水には美人専務と付き合っている噂があり、奈知は諦めようとするけれど、速水の自宅を訪れたある日「試したいことがある」と突然キスされて…!?

IISBN 978-4-8137-0220-7/定価：本体630円+税

『臨時社長秘書は今日も巻き込まれてます！』 佳月弥生《かげつやよい》・著

臨時の社長秘書になった地味OLの美和。イケメン御曹司である敏腕社長の隼人は俺様で、恋愛未経験の美和を面白がって迫ったり、無理やりデートに連れ出したり。さらに女よけのため「俺の恋人を演じろ」と命令!? 仕方なく恋人のフリをする美和だけれど、彼が時折見せる優しさに胸が高鳴って…。

ISBN 978-4-8137-0221-4/定価：本体650円+税

『強引男子のイジワルで甘い独占欲』 pinori《ぴのり》・著

失恋したOLのちとせは社内人気No.1のイケメン、眞木に泣いているところを見られてしまう。クールで誰にもなびかないと噂の眞木から「お前の泣き顔、可愛いな」と言われ戸惑うけれど、以来、彼とは弱みを見せられる仲に。いい友達だと思っていたのに、ある日、一緒に行った映画館で突然キスされて…!?

ISBN 978-4-8137-0222-1/定価：本体640円+税

書店店頭にご希望の本がない場合は、書店にてご注文いただけます。

ベリーズ文庫 2017年4月発売予定

Now Printing

『意地っ張りなキミにKISS』 小春《こはる》りん・著

デザイナーの蘭は、仕事一筋で恋とは無縁。隣の席の上司・不破は、イケメンで色っぽい極上の男だけど、なぜか蘭にだけイジワル。七年もよき上司と部下だったのに、取引先の男性に口説かれたのがきっかけで「男としてお前が心配なんだ」と急接近！　甘く強引に迫る不破に翻弄される蘭だけど……!?

ISBN 978-4-8137-0233-7／予価600円＋税

Now Printing

『つまさきに口づけを』 夏雪《なつゆき》なつめ・著

25歳の杏璃は生まれつき〝超〟がつくほどの大食い女子。会社が倒産してしまい、新しい職探しもうまくいかず、空腹で座り込んでいるところを、ホテルオーナーの立花玲央に救われる。「いい仕事を紹介してやる」と乗せられて、勢いで契約書にサインをすると、それは玲央との婚姻届けで…!?

ISBN 978-4-8137-0234-4／予価600円＋税

Now Printing

『秘書室室長がグイグイ迫ってきます』 佐倉伊織《さくらいおり》・著

OLの悠里は大企業に勤める新米秘書。上司の伊吹は冷徹人間で近寄りがたいけど、仕事は完璧だから密かに尊敬している。ある日、悠里が風邪を引くと、伊吹が家まで送ってくれることに。しかも、いきなり「好きだ」と告白され、「必ずお前を惚れさせる」と陥落宣言!?　動揺する悠里をよそに、あの冷徹上司がものすごく甘くって…!?

ISBN 978-4-8137-0235-1／予価600円＋税

Now Printing

『Sweet Lover』 若菜《わかな》モモ・著

昔の恋人・蒼真と再会した桜。さらに凛々しく、世界に名を馳せる天才外科医になって「まだ忘れられない」と迫る蒼真とは裏腹に、桜はある秘密のせいで距離を置こうとする。けれど泥棒の被害に遭い、蒼真の高級マンションに身を寄せることに。そこで溺愛される毎日に、桜の想いも再燃して…!?

ISBN 978-4-8137-0236-8／予価600円＋税

Now Printing

『ミスパーフェクトの受難』 悠木《ゆうき》にこら・著

恋愛ご無沙汰OLの泉は、社内一人気の敏腕イケメン上司、桧山から強引に仕事を振られ、翻弄される毎日。ある日、飲み会で酔った桧山を介抱するため、彼を自宅に泊めることに。ところが翌朝、目を覚ました桧山に突然キスされてしまう！　以来、甘くイジワルに迫ってくる彼にドキドキが止まらなくて…?

ISBN 978-4-8137-0237-5／予価600円＋税

タイトル、価格等は変更になることがございますのでご了承ください。